中公文庫

文士の食卓

浦西和彦編

中央公論新社

文士の食卓　目次

文士の食卓

■森 鷗外（一八六二―一九二二）

父の食膳

森 於菟

野菜が鬼になる

父（鷗外）が家族のものと食事をするとき、どんなものがお膳にならび、そのうち何を好んで先に箸をつけ、何をきらったかなぞ、とても思い出せない。食事が家でなく、料亭であったとか、家庭にしても何かその時異常なことが起ったとかすれば記憶にとどまるきっかけになる。そんな事の一つ二つをまず思い出してみる事にする。

私の過去の生活の断層をまず小学時代とする。明治三十年から三十四年まで、父は三十六歳から四十歳まで、日清戦争とそれについで台湾総督府に軍医部長であった期間が過ぎて、この時は東京に在住し軍医学校長をしていたが、明治三十二年六月に新設の第十二師団軍医部長として小倉に赴任した。父としてはまた独身時代の最後の五年間でもあった。

この期間、私は父、祖母、曽祖母、父の末弟である潤三郎、この四人と東京市本郷区(今の文京区の一部)駒込千駄木町、団子坂上の「観潮楼」に住んで、西片町の誠之小学校(尋常二年から高等二年まで)に通っていた。「観潮楼」というのは父が明治二十四年、この地に小倉氏の旧居を地所ごと買入れて、郷里から東京に出てから家族がそれぞれの生活のために分散していたのを集めて住んだが、古い平家は狭いのでこれに接して二階建の新居をつくり明治二十六年に落成した。その二階の十二畳の座敷は東南崖下から上野谷中根津蛍沢を見下し、晴天には品川沖の白帆が見えるというので「観潮楼」と命名されたというが、次第に文人が多くここに会合し、明治末年からは月例の歌会が催されるので特に有名になった。建物は全部戦禍その他で消失し、今記念館と図書館の建設が企画されている。

この時期の家族構成を見てその異常がすぐ人に気づかれるように母はいなかった。私の生母は私の出生直後に実家(海軍中将男爵、赤松則良)に帰って他家に嫁していて、この期の終りに（明治三十三年一月）病歿したが、私はそれについて何も知らなかった。祖父はこの地に移って父と一緒に住むことを喜び、私にとっては、部屋に行けば必ず菓子をくれる人という印象を永く残したのであったが、明治二十九年四月に世を去った。父の次弟、篤次郎は本郷赤門の医科大学を卒業し、一時日本橋区蠣殻町、後に京橋区南鞘町に家を建て妻帯して内科医院を開いていた。父の妹、喜美子は医科大学教授、小金井良精に嫁し、私と同年の長男を頭に一男二女の母であった。潤三郎は初め大成中学、後早稲田専門学校の歴史科に通っていたが、私と年齢の開きが十年たらずなので私は「兄さん」と呼ばされていた。

以上述べたように私は、母は元より、父との縁もうすく、乳母の家に里子として育ち、五歳の時から祖母に育てられた。「父の膝の感触」を味わったことは、小学校入学前に二回ある。一度は夜半急に呼吸困難で眼をさました時で、私は平家の方で祖母と曽祖母との間にねかされていた。騒ぎをききつけて書斎にまだ起きていた父が来て抱いてくれた。臨床家でない父は格別の手当はしないが、

「苦しい、苦しい。死んじまう」

と叫んであばれる私を、

「何、大丈夫だ」

といってしばらく抱いてくれたのだと思う。さすがにいつも馴れない男親の腕をたのもしく感じつつも、その皮膚が少しもたくましからず、年とった祖母達より柔かい感触なのを不審に思いながら安心して眠ったらしい。

またやはりその頃、日清戦争にお留守番した褒美というわけで春の暖い一日、人力車で父の膝にのって上野公園の「商品陳列所」という広く平べったい建物に入った。玩具ばかりならべた所へ行って

「坊主の好きなものを取れ」

といわれ、何の先入観念もなく軍艦の玩具の所へ行き、一番大きい戦艦「富士」の模型の前で動かなくなった。相当高価なものであったろうがすぐ買ってくれたので、大得意でそれを両手で抱え、また父の膝に乗って家に帰った。この軍艦模型は私の玩具箱が全く不用になって塵介箱に捨てられるまで、煙突、檣（しょう）、砲、軍艦旗などすべてなくなった残骸が吃水線（きっすいせん）以下だけ赤く、上の艦体を白く染めたものとして残っていた。

小学校にいってからいつも数学の点がいいので、それを生涯不得手とした父は祖母に「こいつは赤松の頭だ」といっていたのと思い合わせて、父にとっては皮肉に感ぜら

れたであろうと後になって思った事であった。

「父の食膳」を見て記憶に残ったのは小学三年の夏が初めと思う。学校から帰って「観潮楼」の門前に沿う崖ぶちの道を根津神社の方から来て南向きの門を入り、玄関にかけこむとすぐ平家の方へ行って「茶の間」に祖母をたずねたが、そこにも台所にも祖母の姿は見えない。正門から籠塀数間を隔てている団子坂寄りの通用門に近くある隠居部屋をのぞいたが、ここに夏でも長火鉢のそばにチンマリとすわっている曽祖母も見えない。「おばあさん」「ちっちゃいおばあさん」と呼んでも女中も返事をしない。私の「小さいおばあさん」または「豆おばあさん」というのは曽祖母の事、ただ「おばあさん」または「大きいおばあさん」というのは祖母のこと。年齢で区別せずにからだの大きさでいうのであった。誰もいないので、帽子とカバンと弁当箱を茶の間に投げ込んだまま二階家の方にかけ戻った。玄関から平家へ行くのと反対側に六畳、四畳半の和室と少し北に下って八畳の広さの洋室がある。この三室の南側にずっと一間の廊下がある。これに面して青桐、榧(かや)、木蓮、楓、芭蕉などの庭木、大きい庭石、靴ぬぎ石、それらを連ねて列をつくる跳石(とびいし)、隅には石灯籠など配置した庭があり、隣家の酒井子爵邸との間は竹垣で仕切られていた。門から玄関までの間の石畳と庭との間にも竹垣があり、門から玄関に向って左に銀杏、右に槐樹（えんじゅ）があり、槐樹の後で平家の方の庭では百日紅（さるすべり）が目につく木であったが、以上の木々のうち銀杏だけが残り、戦災で焼けた後にも新芽をふいて亭々たる大木を現在の「観潮楼」跡の中心に見せている。

さて私は「観潮楼」の玄関から廊下を一つへだてた六畳間にとびこんだ。当時ここが父の書斎であった。西側の壁は一ぱいにはめこんだ大きい書棚でうまり、庭の方の廊下に近い一隅に大型の机が据えてある。ところが父は奥の方の隅にシャツ一枚に軍服のズボンをつけたまま、前に膳部を控え、あぐらをかいて一人で食事をしている。どうしてこんな時刻に父がいるのか、それが遅い昼めしか、早い晩めしかわからない。私は「おとっつぁん」とよびかける。この時代に家の中で「パパ」「ママ」という通用語は存在しなかった。本で知るか人のいうのにならって、「おとうさん」というと「おとうさん」「おかあさん」というのは田舎出の教師がつくった言葉だ、「おとっさん」「おっかさん」というのが本当だという。私には「おっかさん」と呼ぶ対象はなかったが、父自身祖母を「おっかさん」、祖父を「おとっさん」と呼んでいた。

私は父がふりかえって「坊主」というだろうと思ったら、顔をしかめて立上り、縁先の蹲に向ってガアガアやり出した。父はいつも行儀がよくて、顔を洗うにも口を漱ぐにもこんな無作法な音を立てない。「観潮楼」の階下は先にもいった通り玄関を入って左に廊下、以下庭に面して六畳、四畳半、八畳の洋間とならび、玄関と六畳の間の廊下は庭に向う廊下のつづきでこれを行くと突き当りが二階に通ずる階段（下半は柱を中心にやや螺旋状をなしている）の上り口、なおそのつづきがここから分れて左（西）方は六畳間の北側の縁側ですぐ洋室のドアに突き当る。他方右（東）に折れれば旧屋の平家に通ずる広い廊下で、それに移る最初の所の左側に階段の陰に設けられた厠がある。従って六畳の間にそう北側の縁先は階段の裏側と蔦の這いかかる洋室の側面との間にはさまって狭く、その上近く椎の古木が枝葉を茂らせているために、家中で一番薄暗い所になっていた。また階段下にある厠にも近く、縁先の蹲には高い台石の上に、その頃の私には一抱えに余る丸い唐金の水鉢が据えてある。その上部は唐獅子の像をかたどった把手のついた円形の蓋となり、これをのければ水を汲み込めるようになっている。平常の手洗い用の水を出すには鉢の下部側面にある龍頭をひねるのである。水の落ちる所は円く深い穴をなし、そこには石畳を敷きつめ、底の中央には円い滑かな石数個がつき重ねられ、落し水はその間から吸い込まれる。ここは夏の夕暮れともなれば縁の下から悠然と這い出して、上向きにした白い喉元をふくらませて、むらがる蚊を吸いこむ蟇(がま)の常住の住家となっている。水鉢の台石をかこむ草むらには、春は紅の花を重げに垂れる海棠(かいどう)、秋にはこれより少いが単弁の秋海棠がひっそりと咲くのであった。

　私は父が魚の骨を喉に立てたのかと思ったら、この辺に巣をつくっている地蜂が焼肴についていたのを、父が魚肉と一緒にはさんで口に入れたため口の中を刺されたのであった。

　父の膳の上をみるとせいごの塩焼、父の好みの焼茄子(なす)、これは炭火で焼いて黒焦げになった皮をこさぎ落し、うすく削った「おかか」をかけてうすい醤油をしたませたもの、唐茄子のはしりを甘くにたもの、白瓜の漬物などであった。父は祖母や義母（この時期より後であるが）の嗜好もあり、一体に自宅では淡泊なものをとった、この頃女中達が祖母に「奥様、今日もおなすとおとうなすをお煮になりますか」といったとかで、「野菜が鬼になる」ということから、外の物にまで語義をひろげて、茶の間で「鬼になる」の語がはやったこともあった。

（『あまカラ』一九六一年六月五日、百十八号）

焼茄子など

その頃、というのは明治三十一年から三十四年まで、私が本郷の団子坂上の家から駒込西片町の誠之小学校に通い、年は七つから十一まで、父の年齢にすれば三十六歳から四十歳までの壮年時代の頃のことである。その前半は、前々からのつづきで、父は佐官相当の陸軍軍医陸軍省医務局づとめ、途中から近衛師団軍医部長兼陸軍軍医学校長になったのであった。後半は、明治三十二年の夏、少将相当の軍医総監に昇進し、九州の小倉に新設の第十二師団軍医部長を命ぜられて赴任してから以後である。

その頃は前に云った通り私達の家族は、父を始めとして祖母、曽祖母、叔父（父の末弟潤三郎）と私の五人で、「観潮楼」の階下と、それと広い廊下で続いており、その時分はまだ取りこわされていなかった、古い平家とに住んでいた。夜は独身の父だけ新しい「観潮楼」階下の書斎にやすみ、私は古い方の家の一室に祖母と曽祖母とにはさまれて寝るので、中学生の叔父は別室に、ほかに書生が一人、女中が二人それぞれ別の部屋であった。

父の日常生活は頗（すこぶ）る簡素で食事も祖母のつくる惣菜料理で不服はなく、大体に好き嫌いの撰り好みは少いらしかった。勿論日本西洋支那料理それぞれよいものは好きなのであるが、家ではそれを望めないので、家族と同じ食膳で、材料の新鮮な料理に手数のかからぬ味も、概して淡泊なものをとった。父は医学の方の専門が衛生学であったが、それからばかりでなく不潔ということを大そう嫌った。気むずかしい人に時々見られる病的の極端な潔癖ではなく、合理的科学的なのである。食品はすべてあまり永く人手にかからない新鮮なもの、それも十分に洗って、なるべく煮るか焼いたものをとる。出張で地方の旅館に泊っても、清潔と思える所でなければ熱い飯、煮たった味噌汁、卵焼きなぞを注文してすませる。焼芋が一番衛生的だ、食パンも皮を除けばいいなどといった。

休みの日に家族をつれて近い野山に行く。その時分は団子坂を下りかかり、秋に菊人形で賑わう植木屋の一つで、傾斜地にある「植梅」の横を左に入れば名代の「藪そば」、その先にはひろびろと田畠がひらけ、根津の方に向って流れる小川が、せせらぎの音を立てていた。また坂を下りて向うへ上れば五重塔のある天王寺、その先に谷中墓地、そこを右に行けば上野公園、左に道をとれば日暮里から諏訪神社、その境内の崖に臨む際にはいつも掛茶屋が二、三軒、見晴らしは田端、三河島方面に及んで人家はまだ密集していなかった。「諏訪様」のつづきの高台は、草深い中に古木の茂みもまだ残っていた道灌山、それから先は飛鳥山、春は此の頃も桜の名所であったが、今のように荒されてはおらず、季節をはずせば草地に腰をおろすこともでき、近い王子、滝野川あたりにも散歩に適した道はあった。

父は遠足強行軍は好まず、こういう時いつも着流し、ステッキという姿なので、掛茶屋があれば緋毛氈の塵をはらって腰かける。家から風呂敷包みにして私が持って来た弁当がひろげられる。それは握り飯で、ご飯の中身は鰹節のうすく削ったおかかにお醬油をひたしたもの、はぜ、ふき、昆布の佃煮、煎たまご、祖母の好みで葉とうがらしなどもあった。茶店からは熱い茶と季節の果物があれば何かとりよせる。父はいつも手離した事のない葉巻をゆっくりふかす。子供たちは走り廻ったり、草花を摘んだり昆虫を捕えたりする。父は縁台に寝転び、ふところに入れてきた和漢書、ドイツ語の文学書などを読みつづけ、夏ならば近所の木立からひぐらしの声がきこえ、店番の老婆が日除の葭簀囲いを片づける気色に、ようやく立ち上る事もある。ただ今から考えてもこんな時の父が眠るのを見た記憶は一度もない。

ある時どうしたわけか祖母達も女中もいないで私一人父と向い合って食事をした覚えがある。おひつの中に冷めしがある、それを茶碗についで醬油をかけて食った。その外何もない。これは書生の時によくしたことだと父がいったのを覚えているから夢ではない。また飯の上に餅菓子の餡をのせて熱くわかした茶をついで食ったこともある。いつも菓子の餡は職人の手がかかったままだから汚いといったくせに、と頭の中でちらっと考えて上眼で父の顔を見たと思うが、甘くておいしいから私もたべてしまった。正月、餅を焼いて海苔をふりかけ茶づけにした事は度々ある。

家庭での食膳に並ぶ材料は野菜が主で、ほかに時々の海産淡水産の魚類、貝類、鶏で、牛豚はまれにしかなかったのは、年寄りがそういうものを好まないのみならず、調理にも馴れていないためで、父自身は格別不自由しなかったのであろう。父の妹の嫁いだ小金井家では、当時叔父が病身なので、叔母のきみ子が毎日の夕食に叔父の膳にだけ一皿余分に西洋料理をつけるというのをきいて、父は、

「おれにはそんなことはできない。膳をならべてひとり別のものを食ってうまいとは思えない」

といった。私の生まれる前、私の生母の実家で殿さまと呼ばれていた主人の男爵だけ「おかず」が別だというのに反感をおぼえたという話、また新婚の家庭に同居していた父の末弟に「おかず」の差別待遇をしたので、

「潤はおれの弟だ。何と思っている」

とどなりつけたという話もこれに関連して、何かコンプレックスが父にはあったようである。叔父（潤三郎、この時期の間に大成中学を卒業して早稲田専門学校史学科に入った）と私は時々祖母から小づかいをもらって、そこらにある牛肉店（「いろは」というのが東京に沢山あったが、本郷では大学の春木町側の門の向側にあった「豊国」がいいのでそこへいった）や、本郷真砂町にあった「真砂亭」という西洋料理店、更に安い豚料理屋なぞへ行った。

小金井家の長男良一君を誘ったことも数回あったと覚えている。小金井家で叔母がつくる西洋料理は、叔父所蔵のレクラム版の独乙（ドイツ）の料理書がもとであるが、後には父がそれを訳して祖母に料理させ、叔母が相談相手になったことがある。小倉時代の最後の年の暮、東京に帰って結婚したのであるが、この時森家に入った母も洋食がひどく苦手であったようである。小金井きみ子が父の団子坂より前の千住時代、祖父の開いていた医院から陸軍に通った頃の料理を手記したものがあり、この頃のものと大差ないので抄出してみる。

「茄子はことにお好きで、炭火のおこった上に、後先を切って塩を塗ったのを皮のままで置き、気をつけて裏返します。箸を刺してみて柔かに通るようになりますと、水を入れて傍に置いた器に取ります。ほど良く焼けて焦げた皮をそっくり剝ぎ、狐色になった中身の雫を切って花がつおをたっぷりかけます。また大きく見事な茄子のある時は亀の甲焼にします。これは巾着などいうのではなく、まず縦に二つに割いて、中身に縦横格子形に筋をつけ、なるべく底を傷つけぬようにして、そこへ良い油を少し引き、網を乗せた炭火にかけ、煮立ち始めるとへたを左の指で持って、箸で廻りからそろそろ剝がします。皮を破らぬようにするので割合早く煮えるものです。そこへ花がつお、醤油、みりんなどを順々に静かに注いで仕上げます。そっくり皿にとりますが、それを剝がしながら食べるのがお好きでした。若い人達はお舟といって皮をたべます。また豌豆もよく上ります。お好みで少し実の入ったのを選み、すじを取れば実がこぼれますから取りません。それを味よく薄めに煮て、壺形の器に入れて膳に乗せます。その豌豆の茎を摘んで口に入れ、前歯でしごいてすじだけ引出します。そのすじだけを器の端に順よく並べますと松の葉のようでした。膳のそばには、いつもぬれた布巾があります」

　またずっと後の時代で、五十代の父が朝食の膳に向うのを写した妹、茉莉の文章があるので、内容を前とくらべる目的だけで引いてみると、それは夏の朝、場所はこの時には跡形もない前の平家（ひらや）とは、「観潮楼」を中心として反対側に建てられた平家建築、北側の広い街道に近い花園に向う六畳の室で、庭には一面にもやが立ちこめている。蟬の声、馬の嘶（いなな）き、老いかけているがまだ達者な父は起床して洗面したばかり、軍服はまだつけない。今この室にいるのは父と娘だけらしい。

「台所の方でカタコトと音がして、やがて茄子の味噌汁に唐茄子の煮たもの、淡青の白瓜、紺色に光る茄子糠味噌（ぬかみそ）漬なぞの朝食の膳が運ばれてくる。淡く桃色のおかかの山は赤いお醤油の色に染まって崩れ、白い御飯は温い湯気を立てる。……朝飯がすんで象牙のお箸を番茶でゆすぎ、半紙の半分に切ったのを、二枚とってお箸の先を包み、黒塗り箸箱の中へコトリと音をさせて入れる」

大体食事の好みがすべての時代に一貫している。また食事、洗面、行水などに父の行儀がよかったのも、すべての時期に共通している。

私はこの時期の前後を通じて度々、父に東京で当時一流の料理店につれて行ってもらっているが、そんな時の思い出などを、この次には書いてみよう。

（『あまカラ』一九六一年七月五日、百十九号）

明治の食卓

父が壮年の頃、少年の私をつれて行った料理店は西洋料理で上野の「精養軒」、九段上の「富士見軒」、支那料理で赤坂の「偕楽園」、そのほかうなぎの「神田川」、銀座の「天金」、本郷通りを散歩する時、珈琲をのみに立寄る「青木堂」なぞである。いずれも明治三十年代、思えばなつかしい時代である。

その時々の些末な事柄は、灰色に塗りつぶされた忘却の雲の中で、折にふれてさしこむ薄陽に照らされて、所どころ前後のつながりもなく私の頭に浮かび出てくる。またそうした折には、私の父の末弟・潤三郎も加わっていた事もあるようである。この叔父は私と十歳ちがいで、私の小学校の時は本郷の郁文館中学や神田の大成中学に通い、私の中学の時、早稲田専門学校の史学科にいたので、父の洋行前後に書いた手記には、この末弟を特別に可愛く思う事が書いてある。父が祖母や曽祖母を伴なうのは「亀清」、「八百善」や「伊予紋」など、これらにくらべれば格が下るが、根岸の「岡野」なども広い庭園で私も遊んだことを覚えている。下谷の「伊予紋」は、とくに祖母のひいきで、新築した「観潮楼」の玄関の式台、外から見通されぬように折れ曲った敷石、門前の駒寄、これに沿う八手(やつで)の植込、そこにかくれた春日灯籠、邸をかこむ籠塀など、この古い料亭を模した所が多かったという。

夏の夕方近い時刻のように思う。父はいつもの軍服でなしに着流しで杖を曳いている。上野公園を出て、まだ礎石の残っていた黒門跡を通り、ゆるい傾斜道を広小路の方に下りかけた。少し遅れていた私は小走りに追いかけて父とならんだ。「精養軒」へ行ったら何かの休みで食堂を閉じていたのである。

「どこへ行くの」

と私がいう。

「『冨士見軒』へ行こう」

「『冨士見軒』もなかったらどうするの」

「新橋から汽車で横浜へ行く」

私は更に追及した。

「横浜の西洋料理もみんなお休みだったらどうするの」

「船に乗ってヨーロッパに行く。お前もドイツは好きだろう」

最後の一句はドイツ語である。私は毎晩少しずつ父に習っているので簡単な話はできる。父の機嫌のいいのを知って私もニコニコする。

この日どこへ行ったかはおぼえていない。「冨士見軒」は九段である。陸軍の士官のよく行く所で料理は「精養軒」より落ちるという。神田に「宝亭」というのがあったが父も宴会には行くがこの家を好まなかったらしい。まだ帝国ホテルも「築地精養軒」もなかった。なお父は晩年には「風月」や銀座の「資生堂」によく行ったらしい。二、三回目黒のビヤホールへ父とジョッキを傾けに行った。いずれも夏で、私は一高生か大学へ入って後の事と思う。父は子供の私には絶対にアルコール分を許さなかったから。夏、氷店で大きなコップに氷水と牛乳、それに砂糖と香料をまぜて遠心機ようのものにかけてガラガラまわしてつくるミルクシェーキというものを私は好んだが、父のいる所では許されない。これは酒精分があるというのだった。

支那料理は「偕楽園」にかぎっていたが、それは私にとって驚異を感じさせる御馳走であった。

私はこの高名な店の全容を知らないのであるが、その頃の「偕楽園」にも多人数の集会をする豪華な広間があり、壁には赤い紙に詩句を見事な筆蹟で書いた、あるいは黒檀や竹材に緑色に彫り込んだ対聯（ついれん）が下げられ、花で飾られた大きな卓に皆それぞれ榻（こしかけ）に倚（よ）ってこれをかこみ、数多い前菜を始めとして大きな平たい皿に盛られた料理や深い皿に湛えられた羹が次々と運ばれる光景が見られたであろうが、小さい私が父と一緒に人力車に乗って行った「偕楽園」の座敷は、日の照る午後もうす暗くひっそりした日本間で、庭には細い竹を混えた木々の叢立があり、庭石は打水にしめっていた。運ばれるお料理は、私がうちで使うお茶碗より小さい器に入れられ、さまざまの味の温いスープ、鶏、家鴨、野鳥、豚に羊、それら肉のほかに臓もつ、ことに肝臓、腎臓、心臓、たまご、貝の柱、えびかに、きんこ、筍、きのこ、葱かぶら冬瓜など、珍しいものと説明される燕の巣、鱶の鰭、水鳥の蹼など限りもない。中でもおいしいのは豚肉の脂のとろける東坡肉、いつまでものみこむのが惜しくて、ヌルヌル、プリプリするのを舌のさきで口の中あちこち押しまわす。終り近くで甘くつめたい杏仁豆腐も

「これお薬のようだね」

といいながらも気持ちがスウッとして楽しい。

「神田川」は蒲焼の老舗である。祖母たちと浅草の仲見世や奥山で遊んだ帰りに行きつけの鳥料理やお鮨屋、まして汁粉屋蕎麦屋に入るのとちがって、ちゃんとしたお座敷に、父と向い合って私にも一人前のお膳が据えられる。蒲焼をたべる時、家ではい

つも中串で、ここでも父はそれをあつらえた。大皿に串刺をなぞえによせかけて並べたのを選んでくる。私のはきれいな女中さんが膳の上の皿に、大皿からひと串ずつとって刺してある串を皆ぬいてくれる。ごはんをよそい、手拭の真白なのをたたんで膝にのせる。父にお酌しながら私の食べこぼしの世話を焼いてくれるのである。父も機嫌よく日本酒の盃をかさねる。まさに私の「天国」である。私のお膳にも盃が伏せてある。とり上げて中を見ると、上に箪笥(たんす)の環が一つ画いてあり、その下に「田」の字、さらに下は水の流れである。「何かしら」と思うと父が笑って、

「かん田川だよ。かんのかなづかいがちがっている」

という。父は仮名遣いはやかましく、この時は「新カナヅカイ」など誰も思いもよらなかった。盃の環は神田川の主人が神を訓じ誤まったのである。そしてその頃の私は文字を自分勝手にくずす教育を受けていないので父のいう意味がわかったのであった。


　鰻(うなぎ)については私は子供の時で家できいた話を思いだす。父の親友の賀古鶴所(かこつるど)さんのことである。賀古さんは父と大学での同級で、父とは性格が異なり豪放である。酒量も多い。蒲焼はいつでも大串（荒串）を注文する。ひと串の串をひと箸にひき抜いて

から折りまげ、一口にほおばって酒をのむという。賀古さんはまた西瓜を食べる時、地球にたとえれば赤道の線で真二つに切って、極を下に、上にした赤道面に氷のぶっかきと砂糖を盛り上げ洋酒を注ぎ、大きな匙ですくいながら忽ちの間に食べてしまうというのである。

賀古さんは父と同時に軍医に任官したが少将相当官の時やめ、神田の小川町に耳科院を開いた。和歌をよくして山県公等の眷顧を蒙ったところから、父とこれら高官の間を仲介した人である。

鰻でもう一人思いだすのは叔父・篤次郎である。父のすぐ下の弟で医学士、京橋に内科を開業していたが、三木竹二という名で劇評をよくし歌舞伎という雑誌を主幹していたので、その方で有名であった。快活、無遠慮な性質で、父の家に来る時、裏門の方から入る。こちらに祖母や私達がいるからである。木戸を入ってすぐ

「おおい腹がへった。飯をくわせろ。めしだ、めしだ」

と大声を上げる。祖母が

「そら篤だ」

と注文もきかずに鰻屋に女中を走らせる。まだ電話のない時代である。団子坂を降

りかけ左側を一寸折れると有名な「やぶ蕎麦」がある。叔父は「飯をくわせろ」といいながら祖母の野菜と豆腐ぐらいを主とした惣菜料理では到底納まらない。

「千駄木町のめしは淡泊で食えやせん。兄貴が小言をいわんからだ」

という。「藪蕎麦」は叔父の好みに合わないのでその横町に入る反対側の鰻屋に、あまり上等ではないが中串を一人前と別に鰌鍋を注文するのである。

これまで書き続けてきたことで父の家庭における食生活の簡素さはわかると思う。然し貧しいのでも物惜しみするのでもない。概して趣味は淡泊であるが菜食主義というのではない。家庭で調理をする人、私の幼い頃は祖母、私が高校に入ってからは義母がともに肉食、ことに牛豚肉牛乳の類をきらう人であったため、家庭での常食を二重にするのをなるべく避けたのであろう。父は酒は少量しかとらず、晩酌は絶対にしない。客にはドイツ本の料理書をよんでつくり方を口授し、所謂「レクラム料理」をつくらせてもてなした。若い末弟や子供等には不足であろうと考えて栄養食を時々馳走した。医学をやってことに衛生学の専門であるから病気感染を避けること、一日の食事の栄養価を適当に保つことを考慮に置いたにはちがいない。ただ時代のちがいでヴィタミンの知識などは欠けているので、今日から見て不充分であったのもやむを得ない。

また父は料理が上等でも取り合わせのわるいもの、一貫しないものはきらったようである。山県公の椿山荘に招かれてフランス料理を頂戴したあと、公が漬物で茶漬け一杯召上って、君たちもどうだといわれるので、仕方なくお相伴するが、今までの御馳走が台なしになって迷惑千万だとこぼしていた。そのくせ乃木大将のところへ年始に行って麦飯をふるまわれて平気だった。

終りに鷗外日記を飜(ひるがえ)すと招待された時や旅行先の食事のことがある。宮中にお招きを受けたお料理の献立など、そのまま写してある。その一、二を挙げて筆を擱(お)こう。

「明治十八年八月十三日、夜ザクセン王宮の舞踏会に赴く、晩餐を賜う。……珍羞(ちんしゅう)は年魚(あゆ)と牡蠣となり。

明治三十三年三月十九日、正午陪食(ばいしょく)を命ぜられて参内す。牛肉羹パアト、皿焼興(おき)津鯛(つだい)馬鈴薯、衣揚若鶏注汁、牛酪(バター)焼牛繊肉(ヒレ)松露、サフラン煮飯鶉、羹煮キャベチ干豚、蒸焙犢(こうし)肉サラド、牛乳鶏卵蒸菓子、蜜柑(みかん)ジュレエ。

明治四十年三月十六日、御陪食の為め、午時参内す、献立、一鶏肉羹、二洋酒蒸鱒(ます)、三牛酪煎寄鶏肉、四冷製猪肉、五牛酪煮菠薐草（ほうれんそう）、六蒸焙鴨、七薄荷（はっか）入氷菓子。

明治四十三年四月七日水、正午陪食を命ぜさせ給う、一冷製肉、二鶏肉羹、三洋酒煮鮃（ひらめ）、四煮物鴨、五牛酪煮牛繊肉、六麦粉包鶉、七牛酪煮芽茄別（めきゃべつ）、八菓子。

（『あまカラ』一九六一年八月五日、百二十号）

■正岡子規（一八六七―一九〇二）

子規と漱石と

夏目伸六

一体、子規と云う人は、父の話に依（よ）ると、学生の頃は、一向、学校へは出なかったそうで、その上、

「ノートを借りて写すような手数をする男でもなかった」

と云うことだが、そのせいか、学期試験の真際（まぎわ）になると、きまって、父が、彼の下宿へ呼び出され、ノートの大略を読んで聞かせるか、話してやるかしたらしい。

もっとも、父は、

「どうせ彼奴（あいつ）のことだから、いい加減に聞いて居て、碌（ろく）に分っても居ない癖に、よしよし分ったなどと云って生呑込（なまのみこみ）にしてしまう」

と云って居る程だから、無論、子規の方も、最初から、良い成績を取ろうなどと云う料簡は無かった様で、ただ、どうにか、落第しない程度に、お茶をにごせれば、こと足りると思って居たのに違いない。

当時、子規は、常磐会や寄宿舎に居て、飯時になると、きまって、そこの食堂へ、父を連れて行ったと云うのだけれど、土台、寄宿舎の飯などに、うまい道理がある訳もなく、流石に父も、毎度のことで、うんざりしたと見え、たまには、嫌味の一つや二つ、云って見たくなったのかも知れない。で、例によって、また、子規から、呼び出しを受けた時に、

「行ってもいいけれど、また鮭で飯を食わせるから嫌だ」

と、拒絶したことがあるのだと云う。

ところで、たかが塩鮭の一本位を、御大層に、荒巻などと、思いの外に高級な食品として、珍重する様になったのは、無論、戦争以来のことだと思うけれど、まだ、私等が、ほんの子供の時分には、随分と大衆的な魚であって、大袈裟に云えば、まず、鰯の次に位する程度の代物だったと覚えて居る。現に、その頃、植辰と云う、家の植木屋が、毎日、腰にぶらさげて来る昼の弁当のおかずなどは、年百年中、塩鮭の一

本槍ときまって居て、子供心にも、よくまあ飽（あ）きないものだと、驚いた程である。が、その癖、これが他人の弁当となると、奇妙に、さもしい興味も湧いて来るので、裏の物置小屋に腰を据えた植辰が、渋茶をすすりながら、いざ昼めしと云う時には、いつも、傍にへばりついて居て、毎度、そのおこぼれを頂戴するのを楽しみにして居たのだから、今更、私も、余り大きな口はたたけない。

ところで、父が、塩鮭を大いに軽蔑して居たところから察すると、これは当時から、既に、甚だ庶民的なおかずだったに違いないが、子規としても、こんなことで、父につむじを曲げられては困るから、この日は、特に、父を近所の洋食屋へ連れて行って、大いに御馳走してくれたと云う話である。

父が、まだ大学予備門に通って居た頃、後に博士問題で、はるばる鹿児島から、
「君には徳義的脊髄（モーラル・バックボーン）がある」
と、頼りを寄せた例のマードック先生が、当時は、英語と歴史を担当して居て、父も、よく、彼の私宅へは遊びに行ったらしい。

後年、父は、先生の家で、生まれて始めて、目玉焼を見たと述べて居るが、しかも、それが、英語でフライド・エッグスと云うものだと知ったのは、更に、ずっと後のこ

とだとも云って居るのである。

要するに、明治二十年代の、金には余り縁の無い書生達が出入りした洋食屋とは、一体どんな構えであったものか、第一、フライド・エッグすら、碌々見たこともない連中が、果して、どんなものを洋食と心得て居たのか、その点になると、私にも一寸、見当がつきかねるのである。

が、子規としても、そうのべつ、安洋食ばかり奢って居た訳ではないのであって、たまには、結構豪勢な家へも、父を呼んだことがあるらしい。と云うのも、ある日、突然、手紙で、今、大宮公園の「萬松庵」と云う家に居るから、すぐ来いと云って来たので、早速出かけて見ると、「なかなか綺麗なうちで、大将奥座敷に陣取って威張って居る。そうしてそこで鶉か何かの焼いたのなどを食わせた」と云うのである。この時は、父も、つらつらその形勢を観察しながら、子規と云う男は、随分と金を持った男だと、大いに感服したと述べて居るが、すぐその後で、「ところが実際はそうでなかった」と、この前言を取り消した挙句、「彼奴は身代を皆食いつぶして居たのだ」と説明を加えて居るのである。

この子規が、冬になると、用便をするにも、必ず、後生大事と、火鉢を抱えて、便

所へ入る癖があったと云うのだけれど、流石に父も、多少これが気になったと見えて、

「雪隠(せっちん)へ火鉢を持って行ったって、当れやしないじゃないか」

と、一度、注意したことがあると云うが、子規の方は、無論平気で、

「当り前にするとな、きん隠しが邪魔になっていかんから、後ろ向きになって、前に火鉢を置いて、当るんじゃ」

と、むしろ、その新機軸を誇って、一向に、止める気色(けしき)はなかった様である。しかも、夕食時には、今、便所から抱えて出て来たばかりの、その火鉢で、よく、牛肉などを、じいじいと焼いて食ったと云うのだから、晩年、特に、食事の作法などにうるさかった父も、若い頃は、大分、他の書生なみに、乱暴なまねもしたのだろう。それに、かげでは、子規をつかまえて、「彼奴は、身代を皆食いつぶして居たのだ」などと云いながら、自分も、負けず、劣らず、食い意地の方は、張って居た様だから、眼の前で、好きな牛肉を、音を立てて焼かれては、父としても、ちっとやそっとの臭さなどは、もう構って居られなかったのに違いない。

　今と違って、ほとんど娯楽機関の無かった時代のことだから、当時の書生の楽しみと云えば、せめて、うまい物でも、腹一杯に詰め込む以外になかったのだと思うけれ

ど、その点、父も、学生時分には、若さにまかせて、随分と暴食をしたらしい。

　もっとも、父は生まれつき、下戸のくちで、まだ大学予備門へ入学したての頃、同じ下宿仲間が、いつも一人で、ちびちびと楽しんで居た、取っておきの味淋(みりん)を、皆で、そっと盗み飲みしたことがあると云うが、酒に強い他の連中は、たかが味淋位なめたところで、一向、何の変りもなかったのだが、生憎と、父だけが、思わぬ突然変異を引き起した為に、結局、この悪事も、たちまち露見に及んだと云うのである。「猫」の中の迷亭先生の話では、元来酒の飲めぬ父が、「人の味淋だと思って一生懸命に飲んだものだから、さあ大変、顔中真赤にはれ上って――いやもう二目(ふため)とは見られない有様」になったと云う訳で、やがて、味淋の主(ぬし)が戻って来た時には、「大将隅の方に朱泥(しゅでい)を練りかためた人形の様に」かたくなって居たと云うのだから、これでは、他の連中が、如何に口をぬぐって、素知らぬ顔を装(よそお)っても、到底、その犯行をくらまし終(おお)せなかったのは当然である。

　おかげで、父も、暴飲だけは、したくも出来ぬ体質だった訳だけれど、勿論、その分だけ、もっぱら、暴食の方に、力を注いだとなれば、また話は別である。兎に角、父は、その頃から、もともと余り丈夫でもない胃袋を酷使して、自分でも知らずに、持病の亢進(こうしん)に拍車をかけて居たことは確かである。

（『あまカラ』一九六一年十月五日、百二十二号）

食いしんぼう〝子規〟

和田茂樹

俳句・短歌の革新、写生文の提唱など、近代文学史上の偉業が賛えられている正岡子規は、慶応三年松山に生まれ、明治三十五年九月十九日、東京、根岸で永眠した。数え年三十六歳、「墓誌銘」は逸品だが、旺盛な食欲がその活力源になったことを看逃してはなるまい。

そこで、子規の著作や逸話などから好物を拾ってみよう。紀行、とくに病床での食物が多い。

㈠幼・少年期（松山）――幼時の好物は南瓜（かぼちゃ）と西瓜（すいか）であった。「おばたん、カボタがあるかな」とか、父の死の際「オトーチ、（豆腐）たんとある」など、舌足らずの表現のうちにもその食欲のほどが伝えられている。

素読を受けに外祖父・大原観山（藩学明教館教授）の宅に通ったが、毎朝五時起床、なかなか眼をさまさないので、母・八重は菓子と蜜柑を枕元においた。明治十一年現存最初の作文「贈柑子文」は、現在の小学五年生の作。幼時の蜜柑の印象が背景にあったのであろうか。翌年の盂蘭盆のころ、味噌豆を食べ過ぎて疑似コレラに罹り難渋した。これ、食意地への天罰か？

松山中学に入学、別に河東静渓（碧梧桐の父）に漢学を学んだころ、諸友と同親会を結んで毎週月、金曜日に諸友宅で漢詩を作った。一年間百回完了したが、「おいり」（米と大豆の煎ったもの、砂糖まぶしあり）が唯一の間食であった。なお椎の実、ゆすら梅、つくし（ほうしこ）、いたどりなども食べていた。

(二)遊学時代（東京）――第一高等中学校や常盤会寄宿舎では菓子や焼芋（栗（九里）より（四里）旨い十三里）を好んだ。

焼いもをくひ〳〵千鳥きく夜哉　　子規

喰ひ尽して更に焼いもの皮をかぢる　　子規

試験前夜にラッキョウで酒一合を飲んで酔っぱらい、百点満点の十四点、後年「酒も悪いが先生もひどいや」（「酒」『ホトトギス』明治三十二・六）と述懐している。「酒量くらべ」番付で、東方前頭六枚目（二十六人中十七人目）と友人間で判定、酒は五勺がやっとで、下戸に近かった。

明治二十二年五月、喀血して「子規」と号したが、そのころの情景を「啼血始末」に判事閻魔大王と問答、好物についても述べている。「無暗に買い喰をしてますます胃をわるくし……六銭の煎餅や十箇の柿や八杯の鍋焼饂飩などはつゞけさまにチョロ〳〵やらかし」「一番旨いのは寒夜湯屋帰りに焼芋を懐に入れて蒲団にはいる、最も愉快」と言明し、「牛肉鶏卵鶏肉及び鶏肉ソップ」は毎日、病気でない時は葡萄酒を飲むと答えた。饂飩八杯食べ、「正岡升鍋焼屋の訓誨を受く」（「筆まかせ」）と自ら記しているように大食だった。

妹、律の話では、スッポンの生血、桃の葡萄酒煮、西瓜毎日一つと、療養のための贅沢な食事で、母と妹は随分気をつかった。

明治二十四年六、七月、文科大学生の子規は、木曽紀行「かけはしの記」の旅で、覆盆子(いちご)（木苺）を見つけ、「思う存分くった……此際の旨さは口にいう事も出来ぬ」と賞した。

足かけて岨(そば)道(みち)崩すいちご哉　子規

苗代茱萸(ぐみ)（この地方では珊瑚実(サンゴノミ)）は茶店で貰い、馬上で口を紫にするなど、「実に愉快でたまらなかった」。桑の老木が見えると「貪れるだけ貪った。何升食ったか自分にもわからぬ」と、名物の蕨(わらび)餅や寝覚蕎麦には目もくれず、苺・茱萸・桑実を満喫。実に旨い果物だったと、十年後になっても思い出深く、その情景を小品「くだもの」に生き生きと描いている。

箱根路では、名物の力餅、赤福に舌鼓をうち、好きな柿を貪り食った。隅田河畔では、桜餅・言問団子など下宿したころの回想までその味を加えている。饅頭・汁粉なども好きだった。

子規は牛肉が大好きで、寄宿舎内では「数字のしゃれ」を巧みに利用して、

牛肉は十四里—鶏（十里）より（四里）うまい
牛肉は二十里—猪の十六里より（四里）うまい
牛肉は百四里—肴（百里）より（四里）うまい（「筆まかせ」）

と、書生ら笑いの中に旨い物談義が続いた。

㈢日本新聞記者時代——大学を中退して、日本新聞社員となり、明治二十六年夏、奥の細道をたどる『はて知らずの記』の旅では、象潟の宿での夏牡蠣の美味に驚き、岩手への山中では木苺を思う存分賞味した。

明治二十八年日清戦争従軍記者を希望、広島滞在中は酒飲みに三度、白魚飯に二度でかけている。金州では旧藩主久松伯に「宝興園」に招かれているが、中国料理の感想はない。

帰還の途、船中で再喀血、五月二十三日神戸病院に入院、危篤、五日目に牛乳・スープ・カステラ食べる。三十日西洋いちごを食うて見たしと、大喜びで食べ、毎朝（高浜）虚子、（河東）碧梧桐が畑でもぎたてのいちごをすすめる。金州での森鷗外談がでる。牛乳や粥に卵、鯛の吸物・刺身・鰻・鰌鍋、枇杷・杏・橙（夏蜜柑）・桃、パイナップル缶詰、アイスクリーム、滋養豆腐、白菜、白豌豆・茄子・奈良漬と食次第に進み、六月二十三日は快食、一同愁眉をひらいた。

新鮮ないちごをはじめ、好物の食事・果物類に、子規の食欲は増進、虚子・碧梧桐らの看護また文学談など話題を提供し、瀕死の状況から次第に快癒していった。

一ヶ月、須磨保養所で療養、敦盛蕎麦なども食べ、八月下旬、保養のため松山に帰ってきた。偶然四月、松山中学校に夏目漱石が赴任、その仮寓「愚陀仏庵」で五十余日生括をともにした。

子規としては、最初の新派俳句の結社「松風会」の成長、俳句文学論の提唱（『俳諧大要』）。漱石としては俳句に熱中、翌春までに生涯句の約三〇%、七百余句作句、やがて俳人として推賞され、十年後名作「坊っちゃん」発表、文豪の道を拓いた。

我々が日本の近代文学を興そうではないかとの話を襖越しに聞いた柳原極堂は俳誌『ほと、ぎす』発刊、俳句革新運動に協力した（地方誌が虚子に移り全国誌として、本年〈一九八九年〉正月一一〇五号と世界で最長の雑誌となっている）。さきに、明治二十五年漱石来松のときには、子規の母は「松山鮓」（五目鮓・ちらし鮓）でもてなした。

ふるさとや親すこやかに鮓の味　　子規

われ愛すわが予州松山の鮓　　子規

今度は、子規は昼には蒲焼などとりよせて食べ、君払ってくれ給えと漱石に言って上京した（柳原極堂『友人子規』）。

十月下旬、奈良を巡り、柿林を見た子規は、従来詩人も歌人も問題にしなかった柿と奈良との配合を発見した。宿屋で御所柿をむく女中の目鼻立ちの整った美しさ、月か瀬生れから梅の精霊かと思った。「柿も旨い。場所もいゝ。余はうつとりとしてゐる、とボーン」という東大寺の釣鐘の音、「オヤ初夜が鳴る」（「くだもの」）、その夢幻的な雰囲気は、翌日には現実化して

法隆寺の茶店に憩ひて

柿くへば鐘が鳴るなり法隆寺

と形象化され、子規の代表句となった。くだもの好き、その中でも一番好きな柿の文学性を発掘しえて本望だったにちがいない。

明治二十九年以後は、脊椎（せきつい）カリエスのため七年間病臥生活となり、枕頭での句会で碧梧桐・虚子、三十一年短歌革新以後（伊藤）左千夫・（長塚）節（たかし）、三十三年、写生

文の提唱で（阪本）四方太・（寒川）鼠骨など登場する。

「発句経譬喩品」――明治三十年正月、子規は二十六俳人を果物や野菜に譬え、軽妙適切な短評を下した。

鳴雪君　卵　滋養アリ　小供ニモ好カレル
碧梧桐君　つくねいも　見事ニクツ、キアフタリ　今少シハナレタル処モホシ
虚子君　さつまいも　甘ミ十分ナリ　屁ヲ慎ムベシ
漱石君　柿　ウマミ沢山　マダ渋ノヌケヌノモマジレリ
極堂君　柿　渋ハ抜ケタリ　水気少シ

（内藤）鳴雪は学殖豊かで子規派の長老。碧梧桐は印象明瞭の写実派、虚子は時間的人事的主観的だがまま放埒、漱石には好物の柿、まだ渋の未熟さがあり、極堂と対比している。この素材と短評とは批評文学の秀逸であろう。

明治三十年、天田愚庵から贈られた釣鐘柿は、子規の短歌創作や革新論の契機となり、風呂吹（天王寺蕪）は蕪村忌に因む食物となるなど、各方面から名産が贈られてきた。

三十一年、倹約のため日課の果物を廃したが（尤 菓(果)物ナケレバ　仕事ハ少シモ出

来不申(もうさず))と古嶋(こじま)一雄に衷情を訴えている。

三十三年には、「病牀(びょうしょう)読書日記」に樽柿(たるがき)一蜜柑(みかん)六に因(ちな)み、「土佐日記」その他の食事に関心を持ち抜萃(ばっすい)した。最後の誕生祝と予測し、色に因んだ土産を依頼、虚子は赤染めゆで卵、鼠骨は青蜜柑、四方太は黄蜜柑・張子の虎、碧梧桐は茶色、子規は白色の食物で楽しんだ。また賑やかに闇汁会を催した。「食」によって人間関係の融和がはかられたし、子規のグループ活動によって、子規の革新運動は功を奏していった。

その後も食物の記事は多いが次の書に譲る。

『仰臥漫録(ぎょうがまんろく)』——晩年三随筆の一、明治三十四年九月二日以降十月十九日まで、三十五年三月十日から十二日まで、食事の記事は詳しい。

○明治三十四年九月二日(略記)

朝　粥(かゆ)四椀(わん)、ハゼノ佃煮(つくだに)、梅干砂糖ツケ

昼　粥四椀、鰹(かつお)ノサシミ一人前　南瓜(かぼちゃ)一皿、佃煮

夕　奈良茶飯(ならちゃめし)四椀、ナマリ節煮テ少シ生ニテモ　茄子(なす)一皿

二時過　牛乳ココア入一合　煎餅　菓子パン十個

食後　梨　昼二ツ　夕一ツ

病臥六年め、力綱を天井と畳の両縁につけてやっと身動きができる、六尺の畳一枚の日常で、主食四椀はじめ、ぬく飯四椀、間食おはぎ二、栗飯・松茸飯・鰻飯・親子丼・鮎鮓・稲荷鮓四個・ライスカレー三椀、その上菓子パン十個など、健康な碧梧桐・虚子らも驚くほどの量と、次々珍しい主食を口にした。食前に渋い葡萄酒一杯。刺身・焼肴・あんこ鍋・鮪鍋・佃煮などの蛋白源、贈られた鴫焼は朝から、和布・芋・豆腐類・薩摩あげ・キャベツなど多種類に及んだ。梅干は二度三度しゃぶってはその酸味をなつかしんだ。

食後の煎餅・羊羹・芋坂団子・菓子パン・牛乳にはココア入紅茶入、烏龍茶も味わった。果物には梨・林檎・葡萄・桃・バナナ・パインアップル缶詰、いずれも好物だし、柿は安物の樽柿三つペロリと食べた（以前は大梨六、七個、樽柿七、八個、蜜柑十五～二十個）。腐りかけた蜜柑もうまかった。

春深く腐りし蜜柑好みけり　　子規

虚子宅では西洋料理やアイスクリームを賞味し、三十四年二月には諸国から贈られた三十数種の名物をあげている。伊予からは柚柑、緋の蕪及び絹皮ザボン、鯛の粕漬などがある（『墨汁一滴』）。

死の三か月前からの絵「菓物（くだもの）帖」には、幼時好きだった南瓜・茄子、果物の夏蜜柑・林檎・杏・バナナ・鳳梨など十八枚、グルメ嗜好としての楽しみは、俳句や歌にも詠まれている。

「食欲の鬼」となって、生命力の根源を奮起させた食いしんぼう子規は、「記録魔」と化し、炎の如く燃え、不滅の業績を達成していったのである。

（『食の文学館』一九八九年十月三十日、第七号）

■夏目漱石（一八六七―一九一六）

父の好物

夏目伸六

私は、今でも、父が茶の間の縁側寄りに、足つきの膳を据えて、一人で朝食をしたためて居たのを覚えて居るが、不思議なことに、昼飯（めし）や夕食時に、吾々（われわれ）子供等と一緒の膳に向って、箸を動かして居る父の姿を、ほとんど思い出すことが出来ないのである。

父は、朝起きると、北向きの廊下を通って風呂場へ行き、其処（そこ）で顔を洗うことになって居たが、今から思うと、その洗顔風景には、誠に特異なものがあった。

恐らく、現在の若い人達は知らないことと思うけれども、当時の歯ぶらしには、きまって、舌をこくべろかきと云った妙なへらがひっついて居て、歯を磨いた後（あと）は、必ずこれで、舌の垢をこき落すことになって居たが、生来胃弱の父となると、舌の上にたまる白い苔も、人並外れて多かったのは当然で、この垢を、咽喉の奥から、懸命にかき落そうとするのだから、苦沙弥先生が、毎朝、首をしめられた鵞鳥の様に、大袈裟な声を揚げたと云うのも、あながち誇張とばかりは云えなかったのである。しかも、いざ洗顔となると、どんな真冬の最中でも、諸肌ぬぎになった上、あたり一面に、水しぶきをあげるのだが、その様子には、何処か、精悍な軍鶏が水浴びをして居ると云った趣きがあって、第一、顔を洗うと云うよりは、ただ、頭から裸の背中へ、矢鱈と水をはね飛ばして居るとしか思えなかった程である。その癖、洗顔を終った父の衣服や背中が濡れて居たのを、私は一度も見た事がないのだから、子供心にも、どうしたら、ああもうまく身体だけ濡らさずに、しぶきを飛ばすことが出来るのだろうかと、毎度、感歎の思いを禁じ得なかったのを思い起こす。

父は、それから、鏡に向って、ひげを剃るのだが、私は今でも、風呂場の方から聞えて来る父の嗽の声と、安全剃刀の刃を研ぐ皮砥の音を耳にして、幼い夢を破られた子供の頃を思い出すことがある。と云うのも、父は、それから間もなく、子供等の寝部屋へやって来て、

「おうい、皆起きろうッ」

と云う号令一下、片端から無慈悲に、吾々の蒲団をはねのけるのがきまりだったからである。

が、今から考えて見ると、どうやら、これは、日曜か祭日の朝に限られて居た様で、普通の日には、子供等の方が、父より多少早く起きた様な気がする。

ところで、父の朝食は、耳を落した二寸四角の食ぱんを二片と紅茶と云った、極く簡単なものだったが、傍らの火鉢にかけた網の上で、自分で焼いてバターをつけるそのトーストも、子供等が傍からせがめば、云いなりに、少しずつちぎって、口の中へ入れてくれたから、実際に父の食べる分量は、せいぜい一片位に過ぎなかったのでないかと思う。

が、奇妙なことに、私は、父から、ジャムを塗ったパンを一度も貰った覚えが無いところを見ると、多分、千駄木時代に、余りジャムをなめ過ぎて、それで当時は、もう医者から、ジャムを厳禁されて居たのかも知れない。

ところで、父は、午後の三時か四時頃になると、きまって、書斎から、のこのこ茶の間の方へ出張って来て、何か甘い物を物色し出すのだが、特に胃の工合の悪い時には、母が、必ず、そうした菓子類を何処かへかくしてしまうので、父が頻(しき)りと、そこらの戸棚を開けたり閉めたりしながら、これを探し廻って居る姿を、私は何度か見たことがある。もっとも、こんな時には、私のすぐ上の姉が、ちょこちょこと出て行って

「お父様、お菓子なら此処(ここ)にある」

と、すぐ様、その所在(ありか)を教えてしまうのがいつものことで、

「そうかそうか」

と、父も至極御機嫌のていで、

「愛子は中々親切者だな」

などと、相好(そうごう)を崩しながら、早速、彼女の見つけ出した菓子を頬張り、茶を飲んでから、また書斎へ引返して行くのである。

　大体父は、自分でも、

「食物は酒を飲む人のように淡泊な物は私には食えない。私は濃厚な物がいい。支那料理、西洋料理が結構である。日本料理などは食べたいとは思わぬ」

　と云って居るので、

「此の支那料理、西洋料理も或る食通と云う人のように、何屋の何で無くてはならぬと云う程に、味覚が発達しては居ない。幼稚な味覚で、油っこい物を好くと云う丈けである」

と、甚だ正直な所を述べて居るが、

「其の代り菓子は食う。これとても有れば食うと云う位で、態々買って食いたいと云う程では無い」

と断って居る。が、母から聞いた話では、私等が子供の頃に、よく見かけた、落花生を豆餅の様に砂糖でかためた、あの駄菓子が、父の大好物だったとか云うことで、散歩の帰りがけにでも買って来るのか、時々、書斎で、ひそかに、ぼりぼりと楽しんで居ることがあったと云うから、「菓子は好きだが、わざわざ買ってまで食いたいとは思わない」と云う父の言葉も、果して、どこまで信用していいか解らない。

　かつて、江口渙さんが父を訪ね、話がたまたま胃病に及んだ時、父は、その発作を起した時の自分の状態を説明して、

「こんなひどい苦痛をがまんしてまで生きていかなければならない現在の世界は、嘘の世界で、本当はこんな苦しい思いをしないでも、いくらでも楽に生きていける世界

が、もっとほかにあるんじゃないのかとさえ考えたくなる」

と云ったと云うが、その言葉の終らぬうちに、眼の前の菓子鉢から、そば饅頭をつまんで、ぱくりと口の中へほうり込み、

「その癖痛くない時には、こんなものが傍にあると、つい手を出すんだがね」

と云いながら、

「思い切って、食べない様に我慢なすったらいかがです」

と云う注意にも、

「そうはいかないよ。目の前にありゃ、どうしたって、手が出るんでね」

と、父も流石に、苦笑を浮べて答えたと云うのである。

後年、久米正雄さんから聞いた話だが、胃潰瘍の患者と云う者は、のべつ何かしら食べて居ないと、それだけ、しくしくと胃が痛むのだと云うことで、その為に、余計、子供の様に、意地が汚なくなるのだと云う話だったが、恐らく、父も、内心、のべつ、そうした慾望と戦いながら、なかなかこれを抑制することが出来なかったのに違いない。

ところで、森田草平さんは、口癖の様に、

「何と云っても、先生は胃酸過多だから」と、大いに、父の味覚を軽蔑して居たが、それでも、「先生は、矢張り江戸ッ子だけのことはあって」そら豆だの枝豆と云った、季節の物が、特別好きだったと述べて居る。もっとも、そら豆や枝豆が、何も江戸ッ子だけの嗜好だとは思わないが、ただ、私等が、子供の頃には、こうした食べ物には、現在とは比較にならぬ程の深い季節感が伴って居て、むせる様に若葉のにおう静かな宵に、明るい電灯の下で食べる、はしりのいちごの味から、ふと「もう、本当に初夏だなあ」と、云った思いをつくづくと、感じたことも何度かあり、ぷうんと微かに鼻をつく、竹籠に入った到来物の松茸の香りから、次第に深まって行く秋の気配を、身にしみて味わったことも、毎度である。

今でこそ、松茸めしの様な、ああしたまぜ飯を、決して食いたいとは思わないけれど、どうやら、当時の吾が家は、筍飯だの松茸御飯と云うと、これでも、結構馳走の部類に入って居たのではないかと思う。と云うのも、父は、非常に松茸が好物だった様で、大阪朝日の鳥居素川氏に送った手紙にも、

「松茸の好時節如仰不消化なれど　決して御遠慮には及ばず　何時でも頂戴の上
口から尻へ押し出します」

と云い、越後高田の医師・森成麟造氏宛には、

「――又松茸を沢山にありがとう　此間から　名古屋大阪京都の三市から　松茸を幾度も貰い　幾度も茸飯を食いました　胃にはよくないといいますが　寝ないうちは何でも食う事に致しました　あなたのは北国の産だから（ことに謙信の城址の産だから）自ら味も特別だろうと思って　是から風味に取りかかります」

と書き送り、和辻哲郎さんへの返書には、

「――松茸をありがとう――此松茸なるものは　私の子供の時分は滅多に口にする事の出来ない珍味でした」

と述べて居る。ただ、家族が大人数であったせいか、私などは、松茸だけを焼くなり、いためるなりして、むしゃむしゃ食った記憶は一度もないので、今から考えると、父自身、まぜめしか吸物以外に、その食べ方を、余り知らなかったのではないかと云う気さえする。

もっとも、父は、わざわざ高浜虚子へ葉書を出して、

「――木曜の夕　茸飯を食いに御出かけ下さい　もっとも飯の外には何もなき由」

と誘って居る所を見ると、自分でも、松茸めしが大好きだったことだけは間違いな

いのである。

（『あまカラ』一九六二年三月五日、百二十七号）

一匙の葡萄酒

夏目伸六

かつて、森田草平さんが、父と一緒に入浴し、のんびりと湯ぶねの中につかりながら、

「若し先生が死んで、閻魔様から、もう一度此の世へ帰してやると云われたら、どうします」

と聞いた事があると云うが、

「そうさな」

と、一寸考えて居た父は、

「僕はね、この胃さえ、人並に丈夫にして呉れるなら、また改めて、人生をやり直して見る気があるよ」

と答えたそうである。

成程、ほとんどその半生を胃弱に悩まされ、特に、修善寺の大患以後は、毎年、何日かは必ず病床に過ごさねばならなかった父とすれば、その間、絶えず、絶食を余儀無くされ、まるで子供の様に、ひもじい思いと闘い続けて居たのだから、恐らくこの気持は、端から見るより、遙かに切実な物であったのに違いない。

ところで、明治四十四年と云えば、前年の大患に引続き入院して居た長与病院から、父がようやく退院した年だが、この五月中の日記に、全然日附のぬけた箇所が十日程あり、その中で、父は誠に笑止な一人の患者の話を書き込んで居る。多分、係りつけの医者からか、それとも病院の看護婦にでも聞いた語に違いないが、

○腸チフスの患者。枕の下へ巻紙をまいて入れている。医者が見ても可いかと聞いたら不可ないと云う。医者は詩でも作ったものと考えて、そんなに頭を使っちゃならんと云いながら引き出して見ると、三尺ばかりの紙に鰻屋だの料理屋の名が一面にかいてあった。病気が癒ったら一軒毎に食ってまわる積りだったという（これは医者の話）。

同じ患者自から云う。腹が減って何か食いたくて仕方がない。仕方がないから腹

が痛いからパップをして呉れと云って蒟蒻を腹へのせて貰って、それを夜具を被って半分程食った。

同じ患者、弟にそっと云いつけて羊羹の箱をとり寄せて底を抜いて上部は何ともない様にして中味を食って仕舞った。それから熱が出て、半年程は腰がたたなくなって、今でも髪の毛が五十位の爺さんの様に薄くなっている。

同じ患者の病室へ細君が子供を抱いて見舞に来たら、患者其子供の手に持っている菓子を見て、食いたくて、とうとうそれを引ったくって食った。それがため遂に死んでしまった。

と云うのである。

しかし、またなんで、父がこんな聞き書きを、克明に日記中に書き込んだものか、恐らく、同じ思いを絶えず堪えて来た父には、この餓鬼道におち入った哀れな男の姿が、決して人ごとの様には思えなかったのかも知れない。現に、父は、修善寺で病臥中、この患者と同様に、寝ながら常に、好きな洋食だの蒲焼を頭に描いて、それをせめてもの慰めとして居たと云うし、弟子の東（新）さんからは、

「先生はあんな顔をしながら、いつも食べ物の事ばかり考えて居るんだからおかし

い」

　と云われたのも、この頃の事である。

　そう云えば、この東さんと小宮豊隆さんが、入院中の父を見舞に来て、折から其処（そこ）に居合せた母をつかまえ、

「ねえ奥さん、今日は帰りに鰻でも奢って下さい」

　と云って、めずらしく父から酷い剣幕で呶鳴（どな）られ、流石の小宮さんも、しゅんとして、すっかりしょげ返ったと云う話があるが、私には、この時父が、心ない弟子の口調に、つい腹を立てた気持も解らないではない。もっとも、翌日、再び母が病院へ出向いた時には、父の機嫌も、もうすっかり直って居て、

「あれからどうした」

　と聞いたそうだが、

「あなたがあんなに呶鳴るもんだから皆、何処（どこ）へも寄らず、大人しく家へ帰りました」

　と云う答に、

「そうか、そりゃ気の毒な事をしたな。小宮の奴、例によって、あんまり暢気（のんき）に贅沢

な事ばかり云ってるので、つい呶鳴りつけてしまったが」

と苦笑して居たと云う事である。

ところで、父にとって、修善寺の吐血以来、胃潰瘍は完全な痼疾となった様で、翌年の二月、ようやく長与胃腸病院を退院したものの、その夏、大阪朝日主催の講演の為下阪した時には、また持病を再発させて、湯川病院に入院し、

「蝙蝠の宵々毎や薄き粥」

と云う句を寺田さん宛に書き送って居る。もっとも、この句は、先日の漱石展に出品された自筆の短冊には、

「稲妻の宵々毎や粥薄き」

とあり、母も、父が死んだ時、香典返しに、これを染め抜いた帛紗を配ったと云う話である。当時湯川病院のあった所は、非常に雷の多い土地だったと聞いて居るが、いずれにしろ、旅先に病んで、一人ぽつ然と、病院の窓越しに暮れ行く夏の青空を見守りながら、薄い粥を待ちわびて居る父の姿が、そこはかとなく、この句の中に滲み出て居る様な気がする。もっとも、この時は、幸い約一ケ月で退院する事が出来たが、大正二年三月には、またもや病いを発して、折から朝日に連載中の「行人」を、一時

擱筆せざるを得なくなった。更に大正三年の十月には、「心」の執筆を終って間もなく、酷い胃カタルを起こして、一月程病床につき、翌四年の三月には、京都の旅先で倒れて居る。

　結局、父の最後の病いは、大正五年十一月十六日、夕食の膳に乗った粕漬の鶫がもとだった様で、既に翌日から、胃の工合が悪かったらしいが、二十一日、前々から是非にと出席を懇望されて居た辰野隆氏の結婚式に、無理に出向いたまではいいとして、誰も注意する者の居ないのを幸い、眼の前の小皿に盛られた南京豆を、ぽりぽり食べたのが、そもそも直接の原因だったらしい。生憎と多少席の離れて居た母は、気に掛りながらも、遠くから、これを制止する訳に行かなかったのだと云う。もっとも、帰宅した夜は、思った程の事もなく、そのまま寝に就いたのだが、翌朝起床し、例によって書斎に引き籠った父の様子を、午ごろ母が見に行った時には、(189)と「明暗」の最後の回数だけを書いた原稿用紙の上に、父は、じっと俯せになって居たと云う。で、早速、次の間に床を敷いて寝かせた訳だが、母に助けられて、寝床につれて行かれる途中、父はふと、

「人間もなんだな、死ぬなんて事は大した事でもないな。俺は今、ああして苦しがっ

て居ながら、辞世を考えて居たよ」

と語ったそうである。が、父の病状は、今までの経験上、一寝入りすると多少良くなるのが常であり、この日も、宵に眠りから覚めると、急に元気を取り戻し、母を摑えて、

「腹がすいたから、何か食わせろ」

と、頻(しき)りにせがみ出したのである。で、已(や)むを得ず、極く薄く切った一片(きれ)のパンと牛乳を持って行ったのだが、こんな事では中々承知せず、もうあと一片と、せがみ倒された訳だが、母の懸念は案の定、食し終って一時間もするかしない内に、父は、今食べた物を凡(すべ)て嘔吐してしまったのである。しかも、往診に見えた真鍋さんの薬さえ、飲めばすぐ吐くと云う塩梅(あんばい)では、医者としても、当分の間絶食を宣せずに居られなかったのも当然である。が、この絶食の効果か、二十八日頃には、大分気分も良くなった様子で、また頻りと食欲を訴える程に恢復(かいふく)して来たのである。で、一日に六回、三時間おきに、極く微量の牛乳と果汁、アイスクリームを薬と交互に与えても良いと云う医者からの許可がおりたのだけれど、父には、この三時間さえ待ち切れなかった様子で、まるで聞きわけの無い子供の様に、のべつ催促しては、傍らの母を困らせたの

である。しかも、第一回目の内出血を起こして昏倒し、病状が急変したのはその夜の事である。

　また絶食が続き、ほとんど申訳の様な薄い葛湯(くずゆ)が許されたのは、それから四日後の十二月二日になってからである。が、こんな葛湯ですら、この時の父は本当においしそうに啜(すす)ったと云う事だが、その日の午後、便器に向って、不用意に力を入れた刹那に、父は二度目の内出血を起こし、またもや人事不省におちいったのである。

　その後の父は、ただ大腿部に打たれる注射と、ほとんど咽喉(のど)を潤(うるお)すにも足らぬ一匙(さじ)の葡萄酒のみが、摂取し得る唯一の滋養物となったのである。十二月九日、父の病状は絶望となり、親戚知友は、既に枕頭に集り、医者もただ、手をこまぬいて、これを見守るばかりだったが、其処(そこ)へ遅ればせに馳せつけた宮本博士が、たとえ絶望にもせよ、医者としては、患者の息がある間は、最後の努力を捨てる可(べ)きではないと他の同僚を叱咤し、再び食塩注射が始まったのである。恐らく、父が今までの昏睡状態から一時的にも意識を恢復したのは、この注射の御かげに違いないが、ふと眼をあけた父の最後の言葉は、

「何か食いたい」

と云う、この期に及んで未だに満し得ぬ食欲への切実な願望だったのである。で、早速、医者の計らいで、一匙の葡萄酒が与えられる事になったが、

「うまい」

父は最後の望みをこの一匙の葡萄酒の中に味わって、また静かに眼を閉じたのである。

父が三度目の内出血を起こし、遂に息を引取ったのは、その日の夕方の六時五十分、一年中で最も短い冬の日が、もうとっぷりと窓外に暮れてしまった頃である。

（『あまカラ』一九六六年七月五日、百七十九号）

祖父・漱石の食卓

半藤末利子

　私の母・筆子は結婚して初めて父（松岡譲）のお客様に食事をお出しした時、おもてなしの仕方をよく知らず驚いたと、いつか父が云っていたことがありました。日本酒の燗（かん）をつけるぐらいのことは知っていたのかもしれませんが、酒を酌み交わしている客人と主人が一通りの料理を食べ終った頃を見計って、

「そろそろ御飯にいたしましょうか？」

と御飯と吸い物と香の物を運んでくるという和食のもてなしの方の仕来りを知らず、最初から御飯を盛った茶碗を客人の前に並べてしまったというのです。

　彼女の父親である漱石が酒飲みでなく、晩酌などを楽しむ人ではなかったので、筆子には娘時代にお酒飲みの人のもてなし方を身につける機会が無かったのだと思いま

す。漱石の生前、筆子は彼女の記憶する限り、ほとんど父漱石と食卓を共にしたことがなかったといいます。筆子を先頭に二つおきに七人もの子供がいたのですから、子供達が幼い頃には漱石を囲んで家族全員で和やかに食卓を囲むなどということは、無理だったと思いますが、彼女が年頃になってからも同じ屋根の下に住んでいながら、ほとんど父親と一緒に食事を摂った記憶が無いというのは、何とも寂しい父娘に思えてなりません。

子供達は全員で茶の間の大きな卓袱台のまわりに座り、それこそ蜂の巣をつついたように、がやがやわいわいと、御飯をこぼしたり、お芋をころがしたりと、大騒ぎをしながら食事をしたようです。そこへ漱石が書斎から現れて、

「どれどれ、今日は何を食べているのかね」

とお菜を覗きにくるのだそうです。

漱石はその卓袱台の脇に小さなお膳を設えてもらって食べるか、あるいは書斎に運ばせて食べるかどちらかだったそうですが、いずれの場合も妻の鏡子かお手伝いがお給事に侍っていたそうです。習慣とは云え、誰が侍ろうと一人きりでする食事の美味しい筈がなく、味気ない食事が一層彼の胃を脆弱にし、彼の寿命を縮める原因の一

つになったのかもしれません。

肝心の食卓の上は一汁二菜に漬物で、そのうちの一菜は一日おきに交代で出される魚か肉の料理、もう一菜はほうれん草の胡麻和えとか、芋の煮っころがしとか、精進揚げといった野菜料理だったそうです。鏡子が時に薩摩芋を細かく切って天麩羅に揚げ、それを翌日の筆子のおべんとうのお菜につめると、筆子はそれが嫌いで、鏡子に見つからないようにそっと出し、沢庵とつめ替えて、学校に持って行ったといいます。

後年、筆子の従妹の千鶴子（漱石の兄・直矩の娘）が、

「あの細かく切ったお芋の揚げたの、美味しかったわ。あれが食べたくて私、筆ちゃん家に行ったのよ」

と云って母を驚かしたことがあります。

漱石は関係が深くない人には礼儀正しく、親切だったのですが、自分の身内には近くなるほど冷淡で愛想が悪かったそうです。ある日、この千鶴子が遊びに来て縁側で筆子と遊んでいると、書斎から漱石が出て来て、

「あら、あなたどちらのお嬢さん？　筆子のお友達？　お住いはどちら？」

などと盛んに猫撫で声を出して、二人の中にまざりたがるのだそうです。鏡子が吹

き出しそうになるのを堪えて、

「嫌ですねえ、あなた。矢来のお兄さんとこの千鶴ちゃんじゃありませんか」

と窘めると、

「なあーんだ、そうか」

と云って途端に不機嫌になり、書斎へ引き上げてしまったそうです。

漱石は、兄直矩一家を、好ましく思っていないようでした。学生時代、直矩夫婦と同居していた時、嫂が冷たい人で冬の夜遅く帰宅してもお湯も沸かしてくれず、火の気のない台所で一人で冷飯を茶碗に盛り、冷たい汁をかけて食べた寂しさがいつまでも記憶にあって、時が経っても彼等を快く受け入れることが出来なかったのだといつか筆子が云っていました。

しかし、過去の怨みを脇にどけてこの直矩の定年後、ずっと生活費の一部を直矩に渡し続けていたのですから、漱石という人は偉い人だったのだと思います。

「もうあなた達への御恩はとっくに返した筈です」

と渋い顔をした漱石が、項垂れている直矩に封筒を手渡している光景を、筆子は見たことがあるそうです。もっと偉いと私が思うのは人々に悪妻とみなされていた鏡子です。彼女は漱石が逝った後も、直矩一家に同額の仕送りを続け、その上、直矩の長男の大学を卒業するまでの学費を負担したり、千鶴子の嫁入り仕度をすっかり整えてあげたりしたのだそうです。

食べ物のことから少し脱線しましたが、漱石が好んで良く食べたのは豆だったそうです。特に砂糖をまぶしたピーナツが大好物で、散歩の時などそれを着物の袂(たもと)に入れ、胃弱だというのに、袂からその豆菓子を出しては、いかにも美味そうにぽりぽりと食べていたということです。鏡子も変った人で、昼間は家事や子供の世話や接客に追われてゆっくり休む暇がなかったからかもしれませんが、夜になると、寝床の中にお菓子を持ち込んで、横になりながら、新聞を読んだり、小説を読んだりして、むしゃむしゃとお菓子を食べていたそうです。そんな不摂生をして八十七歳まで生きたのですから、鏡子の方は余程胃が頑丈だったのでしょう。

こう書いてくると漱石が若い時から一人きりの寂しい食事しかしなかったように思われるかもしれませんが、どうして来客の多い家で、客人とはよく食事を共にしたようです。

「吾輩は猫である」のモデルになった猫がなくなった時には手厚く葬ってやり、翌年から命日には必ず法事をしてやったそうですが、その法事の時とか、お弟子さんが大勢集まって食事をする時には大抵神楽坂の「川鉄」から鴨鍋をとったそうです。未だ若いお弟子さんが多く、皆煮えるのも待ち切れず、ふーふー云いながら熱いお鍋をつついていた姿が目に浮かぶ、といつか筆子が懐かしそうに語っていました。

そんな時は皆お酒も飲んだでしょうに、鏡子は一体、どんな出し方をしていたのでしょう。

もう二十年以上も前になりますが、漱石忌の法要の折に親戚一同で「川鉄」へ足を運び、熱い鴨鍋をつついたことがありました。あの時は私の両親も、母・筆子の妹達も弟達も皆健在でしたが、漱石の子供と孫が全員で集まったのはそれが最後になりました。それから二、三年後に母の弟の伸六がこの世を去ったのをきっかけに、母の妹達も次々と亡くなって、昨年七月には筆子も亡くなり、今では数多くいた漱石の子供も、長男の純一を残すだけとなりました。

(『食の文学館』一九九〇年七月十日、八号)

■岩波茂雄（一八八一—一九四六）

蝦（えび）の天麩羅

夏目伸六

一体、岩波茂雄さんは、見るからに容貌魁偉（かいい）、体軀岩乗（がんじょう）であって、さしずめ、あれで、墨染の衣に、きりりと鉢巻をしめ、襷（たすき）がけに大薙刀（なぎなた）でも持たせたら、それこそ、絵に見る叡（えい）山の悪僧をそのまま彷彿（ほうふつ）させるものがあったが、それだけに、御馳走の食いっぷりにも、誠に眼ざましいものがあり、私もかつて戦時中、書店の長田さんをつかまえて、

「岩波さんも、ああ大食（ぐら）いで、しょっちゅう御馳走ばかり食べて居たんでは、自分のうちで、大した御かずもない時には困るだろうね」

と聞いたことがある。と云うのも、その頃は、次第に食糧事情も窮屈になって来て、

ただの配給だけでは、米の飯さえ、腹一杯食うどころではなく、まして私は、日頃からの岩波さんの食いっぷりから察しをつけて、あの顔は、どう見たって、腹一杯詰め込まなくては承知出来ない顔つきだと、勝手にそう思い込んで居た為である。が、長田さんの答えは、存外なもので、

「いや、あれでね、無けりゃ無いで、平気なんです」

と云うのを聞き、私も、

「へえ」

と、多少驚いた記憶がある。

要するに、岩波さんは、朝っぱらから一家全員、女中の末にいたるまで、鯛を食うのが理想だなどと云う小宮豊隆さんとは違って、人に奢る時には、決してけちけちしないけれども、家庭での食事や、自分一人の場合などは、思いの外に、つましく済ませて居たのではないかと思う。

ところで、もう三十年以上も昔の話になるが、かつて来日したチャップリンが大いに御気にめしたと云う浜町河岸の御座敷天麩羅屋へ、この岩波さんが、母と一緒に出かけたことがあるのだけれど、

「あの人ったらさ、あたし達が、もう食べ終っちゃったと云うのに、切りもなく、えびばかり食べて居てさ、あんまりやめないもんだから、とうとうあそこの主人が怒(おこ)っちゃって、岩波さんには御構いなしに、くるりと後ろを向いちゃってね。あたし、それ見てたら、おかしくなっちゃってさ……」

と、あとで、母が笑いながら語ったことがある。と云うのも、この店は、御座敷天麩羅と云っても、別に、客の註文を皿に盛って、部屋に運んで来る訳ではなく、座敷の中央に内側をくり抜いた、円いカウンター式の大テーブルがあり、その真中に、亭主がでんと構えて居て、それぞれ客の好みのものを、眼の前で揚げてくれる訳だけれど、丁度この亭主の背中には、円卓を真半分に仕切った衝立ようのものがあるから、裏側に居る客の姿は、こちらからは全然見えない様に出来て居る。つまり、亭主の方は、そろそろ先の客が食い終る頃合いを見はからっては、女中に命じて、今まで他の部屋で待機して居た次の客を、この裏側の席へ招じ入れると云う寸法だが、さて、いよいよ客の食気(くいけ)もこれまでと見極めをつけると、亭主がおもむろに、右手のハンドルの如きものを廻し始める。すると、テーブルの内側だけが、芝居の廻り舞台の様に、廻転する仕かけになって居て、亭主は、居ながらにして、衝立を背負ったまま、静々と、吾々の眼前から姿を消すことになって居る。つまり、亭主の方としても、其処は長年の経験から、岩波さんの顔を見た途端に、これは相当な大食いだと、大体の面魂から察しをつけ、しかもその上で、如何な大食漢も、もうこれ位食えば充分だろうと、次の客を手配したに違いないが、案に相違して、この客だけは想像を絶した豪の者で、いっかな食いやめようとしない為に、遂にしびれを切らし、さっさと把手を廻して、岩波さんを置いてきぼりにしたと云う訳であり、

「だもんだからね、あの人ったら、それが気に入らないらしくってさ、それ以来、あたしが、いくらあの『花長』って家へ誘っても、ああ、あんな店は駄目だとか何とか云って、決して行こうとしないのさ」

と云う話であった。

そう云えば、岩波さんが特別贔屓にして居た店は、御徒町のガード下辺にあった「天兼」と云う、見た眼にも、余り綺麗とは云えない、小さな腰掛天麩羅屋だったが、かつて、岩波さんが私に向って、

「そりゃ何と云ったって、天麩羅は『天兼』が一番さ。あそこの蝦は、身がしまって居て、嚙むと、それこそ、こりッ、こりッと音がする程で……」

と、自分でも、その生きの良い蝦の歯ごたえを眼前さながらに思い出したのか、急に、眼をあらぬ方角に据えたと思うと、言葉まで、いつの間にか、ぶつぶつと、訳の解らぬ一人言に変ってしまったと云う熱のこもり方で、これには、傍に居る私の方が、むしろ驚き、たかが食い物の話に、よくもまあ、こんな深刻な顔附が出来るものだと、少々呆れた程である。

ところで、私が結婚して間もなく、まだ文藝春秋に勤めて居た頃、岩波さんから、会社の方へ電話があり、例の如く、無闇とせかせかした調子で、

「今出られるかね、え、出られるんなら、すぐやって来給え。小宮君と二人で『天兼』に居るから」

と誘いがかかった。丁度昼飯時で、私も、すぐ出かけて行ったが、見ると、客のたて込んだカウンターに、小宮さんと岩波さんが仲良く並んで腰かけ、今や頻りと例の蝦の天麩羅を「こりッ、こりッ」と食べて居る最中だった。で、私も早速、その横に割込み、御相伴に与ることとなって、かねがね話に聞いて居た蝦の歯ごたえを大いに満喫したが、さて、満腹してから考えて見ると、果して岩波さん御自慢の「天兼」株と、チャップリン御推薦の「花長」株と、どちらが甘いか、その点は、残念ながら、

とんと解らなかった。と云うより、味も種も余り大差があったとは思えない。ただ、帰りがけに、小宮さんが、私を呼びとめ、

「ああ伸六さん、これ奥さんに、結婚の御祝いだよ」

と、十円札を三枚くれたことを覚えて居る。

当時、母はもう池上へ引越して居て、流石の小宮さんも、足場が悪いせいか、出京中の宿を他に変えて居たので、私の結婚式にも、折悪しく、都合で出席出来なかった為、この日、わざわざ私を呼び出して、御祝いをくれる気になったのだろうが、常々、金主もとの岩波さんを唆かすことばかり考えて居て、一向、自腹を切ろうとしない豊隆さんが、いつになく、のほほんと、大枚三十円也を投げ出したと云うことが、妙に、私にはおかしくもあり、嬉しくもあったので、無論、喜んで、これを貰い受けた。が、果して、云われた通り、この金をそっくり女房に手渡したかどうかは忘れてしまった。

ところで、岩波さんは、吾々の如く、呑む、打つ、買うの三拍子揃った極道者とは、凡そ縁の遠い石部金吉で、一拍子はおろか、煙草ものまぬ堅蔵だったが、実を云うと、酒の方は、呑ませれば、いくらでも切りなく呑めるたちであったことは確かである。

と云うのも、結婚後、女房の親父が、親戚一同の顔つなぎに、皆をある支那料理屋に

招待したことがあるのだけれど、吾々夫婦の仲人役を勤めた岩波さんも、無論この席へ顔を見せ、どう云う訳か、この日ばかりは大変な御機嫌で、さされる酒を片っぱしから空け始めた。しかも、その呑みっぷりの豪快さに到っては、全く言語道断で、盃に酒がつがれると見るや否や、間髪を入れず、さっと猪首を曲げて天井を振り仰いだと思うと、大きな口をあけて、酒を抛り込むと云った塩梅で、つらつらその様子を観察して居るうちに、段々私には、彼の太い胴腹が、四斗樽その物の如くに見えて来て、あの酒樽に、一杯々々微々たる盃の酒をあけて見たところで、

「こりゃ、いつまでたっても、切りがねえや」

と、思わず、妙な錯覚にとらわれた始末である。要するに、岩波さんにとって、酒は、呑めば呑む程、無駄に思われたのに違いなく、だから私も、酒盃を手にした岩波さんの姿を、後にも先にも、この時以外に見たことはないのである。

（『あまカラ』一九六四年五月五日、百五十三号）

■小宮豊隆（一八八四—一九六六）

豊隆さんと岩波さん

夏目伸六

私の父が死んだ時、その命日を記念して、先月九日に、生前親しかった連中が、父の書斎に集まって、合鴨の鍋を突つきながら、故人を偲ぶ会が出来たことは、前にも述べた通りだが、当初は、必ず顔を見せた人のうちにも、長い間には、地方へ転出したりする者も大分居て、母が池上へ引越してからは、ほとんど集まる者もなく、結局、いつの間にか、立消え同様の形になった。

それで、多分、小宮豊隆さんあたりの発案らしいが、戦後、またこれを復活しようと云う話が持上り、以後は、毎年一回、父の祥月命日に、今は生き残りの老人達が、白髪頭を揃えて、かつての「九日会」を再開することになった。と云っても、無論、会場は、池上の母の所ではなく、生前の岩波茂雄さんが贔屓にして居た神田の鳥料理屋で、昔懐しい合鴨を囲みながら、互に若かりし当時の思い出を楽しもうと云うのが狙いらしいが、それにしては、会費の方が割安だから、其処は、例によって、小宮豊隆さんの押しの一手に物を云わせ、全員大らかに、食って呑んで、さて足を出したら、あとは一切岩波書店まかせと、最初から、そう話の段取りがつけてあるのかも知れない。

去年物故した母も、この「九日会」が復活した当座は無理に引張り出され、已むなく老齢を押して、一、二度顔を出したことがあるのだが、その時の話に、

「小宮さんたらさ、〝どうも岩波が死んじゃったんで、近頃はたかる相手が居なくなって、閉口してるんです〟なんて云ってるのさ」

と云うのを聞いて、私も思わず、苦笑をもらした覚えがある。と云うのも、豊隆さんは、昔から、仲間うちでの奢り手は、何が何でも、岩波さんをおいて外にないと、一人で勝手に決め込んで居る向きがあって、一寸した言葉尻を押えては、

「そりゃ岩波、何処か奢らなくちゃ」

などと、恰かもそれが当然の義務の如く、相手を威嚇するのを得意中の得意とした。

が、当の岩波さんが、また変って居て、こんな時には、どう云う積りか、すぐさま狼狽え出し、

「そうか、そうか。それじゃ小宮君、何処がいいだろう。『浜作』がいいだろうか」

などと、たちまちその手に乗ってしまう。もっとも、岩波さんは、生れつき、人に御馳走するのが大好きな質で、戦前、私なども、神田辺に用事があった序に、ふらりと店へ顔を出したりすると、せっかちな彼から、いきなり、

「おい仲六君、飯を食いに行こう、飯を。早く、早くッ」

と、まるで足もとから鳥の立つ様に、せき立てられたことが何度かある。

確か、あの近くの「中華第一楼」へ誘われた時のことだと思うけれど、突然、岩波さんが、

「昔ね、漱石先生が僕の店へ来られて、お腹がすいたと云われるんでね、僕が、それじゃ何か御取りしましょう、どんな物が御たべになりたいんですかと聞いたら、ほら支那料理のうちに、卵を巻いた伊達巻みたいのがあるだろう、あれが食べたいと云われるんでね、早速、この店から取り寄せて差しあげたんだが」

と、まるで子供の様に嘻々とした調子で語ったことがあるが、その様子が余りにも

嬉しそうなので、聞いて居る私の方が、むしろ意外の感にうたれた程である。多分、生来、人をもてなすことの大好きだった岩波さんとしては、曲りなりにも、生前の父に御馳走したと云う記憶は、この時以外に無かったものに違いなく、それがせめてもの心残りを慰める懐しい思い出となったのではないかと思う。

ところで、小宮豊隆さんが、まだ仙台の大学で教鞭をとって居た頃、毎年二、三回は、必ず上京して来るのだが、その都度、私の家を宿舎代りに当てて居た。が、はるばる上野駅頭に降り立って、すぐそのまま直行する先は、常に岩波書店ときまって居て、これは、もともと小宮さんに、出京第一日目は、有無を云わさず岩波さんに奢らせると云う、誠に牢固(ろうこ)として抜き難い予定表があったからで、だから、ようやく私の家へ御入来と云う時は、大方(かた)夜半に近い刻限であった。

さて翌朝の起床は、もう日の高く登った十時頃ときまって居たが、日当りの良い茶の間で、母や私等を相手に、世間話をしながら、軽い朝食をすませてしまうと、今度は、電話室へとじこもり、午前中をぶっ通しで、処々方々へ、自分の出京を知らせ始める。要するに、小宮さんの予定表は、

「第一のコース、岩波君。第二のコース、中村吉右衛門君」

と、其処までは、常に確固不変だったのだが、その後のコースは無論フリーで、まずは電話を受けた相手かたが、各自穴を埋めると云う仕組になって居たらしい。だから、豊隆さんの御帰館は、いつも夜中の十二時前後と決まって居たが、それでも、帰ってくると、必ず、

「ただいま」

と、母の部屋へ顔を出し、

「どうも、毎晩御座敷が多くて、多くて」

と、大いに閉口した面持ちで、さながら売れっ子の芸者の如く、その忙しさを喞ったが、それが余り毎度のことなので、とうとう私のすぐ上の愛子と云う姉が、

「ほんとうかしら」

と、少々信じ兼ねると云う顔つきで、

「だってさ、小宮さん、いつも自分の方から御座敷を催促してるんじゃないの」

と、横から口を出した始末である。が、無論、そんな事を云われたところで、てんでこたえる相手でもなく、

「馬鹿を云っちゃいけないよ、愛子嬢。僕の方が、忙しくて、どうしても都合がつか

ないと云うのに、向うが、其処を何とかしてくれって云うからさ」

と抗弁した挙句、以来、豊隆さんは、深夜微醺を帯びて帰館する度に、きまって、もう寝てしまったこの姉の枕元へ出かけて行き、手にぶらさげた土産の折詰などで、こつこつその頭を小突きながら、

「おい愛子嬢、愛子嬢」

と、無理矢理に彼女を起こした上、

「今日はまた、持てちゃって、持てちゃって」

と、酒の酔いも手伝い、すっかり御機嫌になって、相手を揶揄い始める。

もっとも、豊隆さんは、酒好きだけれど、呑んで乱れると云うことはほとんど無く、その点、誠に、おっとりとした良い酒なのだが、それでも、一度や二度は、所謂彼の云う、余りに持て過ぎた為か、つい羽目をはずして乱調子におちいり、前後不覚に泥酔したこともあるらしい。しかもその結果、隣りに坐った何処かの老教授の禿頭を抱え込み、嫌がる相手を無理にぺろぺろとなめ廻したと云うのだけれど、この時ばかりは、流石の小宮さんも、見るも哀れに悄げ返り、

「僕はね、あくる日になって、その話を連れの者から聞かされた時は、全く、酷い自

己嫌悪におちいっちゃってね」

と、顔をしかめて述懐したが、生憎と常平生(つねへいぜい)の豊隆さんを熟知して居る母や姉には、一片の同情心すら湧かぬ模様で、聞いた途端に、

「おお嫌だ！」

と、声を揃え、後はただ、腹を抱えて、げらげら笑い出した始末だから、これでは、折角、猛反省に自己を苛(さいな)んで居た豊隆さんも、ますます浮ばれぬ思いがしたに相違ない。

（『あまカラ』一九六四年三月五日、百五十一号）

■巖谷小波（一八七〇—一九三三）

父・小波の食べもの

巖谷大四

父・小波（さざなみ）は昭和八年九月五日、私が十八歳の時に亡くなった。もの心ついてから十年そこそこのつき合いであり、父は一年の半分は講演旅行に出ていたので、一緒に食事をすることが少なかったたし、何が好物だったか、よく観察もしてなかったので、よく覚えていない。ただ、子供の眼で見た父の、よく食べていたものを思い出すと、こんなことになる。

父は、朝目を覚ますと、寝床の中で、まずコーヒー・カップに一杯みそ汁を呑んだ。それから、朝鮮人参のどろどろしたエキスを小匙（さじ）一杯熱湯に溶かした汁を呑んだ。子供の頃私は、その気配を察して、朝刊を持って行く。父は寝たまま、冬ならば掻巻（かいまき）の袖から手をだし、「やあ、ご苦労さん」と新聞を受けとって読みはじめるのである。

　寝床ではみそ汁を呑んだけれども、朝食は洋風であった。牛乳にバター・トーストに半熟の茹で卵二個と大体きまっていた。茹で卵を匙でこつこつと叩いて、二つに割って、黄味だけを匙ですくってたべた。その残りをもらって匙でくりぬくようにして食べるのが私の楽しみの一つだった。

　昼は、ハムやコンビーフを玉ねぎなどと一緒にこまかくして中に入れていためた、まぜ御飯が多かったように思う。我が家ではそれを〝ジグス飯〟と言った。ジグスとマギーの出て来る漫画「おやじ教育」が流行していた頃のことである。

　父は、あまりしつっこいものは好まなかったようである。さしみも、焼魚も白味のものを好んだ。焼魚のたべ方が、ちょっちょっと、いい身のところだけをむしって食べる。よく言えば〝殿様風〟、悪くいえば、魚の本当の味を知らない下手な食べ方で、母がよく、「父さんはぜいたくやから……」とこぼし、残りをきれいにたべていたのを思い出す。

　肉は、牛よりも、鶏や豚の方が好きだったようだ。それも水たきとかスープたきとか、あっさりした煮方の方が多かった。

コロッケは我が家の〝母の味〟で、よく食膳に出たが、やはり父が好きだったからであろう。正月のいわゆる〝おせち料理〟の、重箱の一つに、コロッケが入るのも我が家の特色であった。これは今でも、真似して今の我が家でつづけている。

概して鍋物が好きだったようである。ねぎ鮪、あんこう鍋、かき鍋、寄せ鍋が多かった。これは一つには、当時家族が多かったことと、めったに家にいない父は、家にいる時だけは、家族にかこまれて、なごやかにたべられる鍋もので、一家団欒を楽しむ気持があったからだろう。

強いて上げれば、エビとカニが一番好物だったようだ。これだけは、焼魚とちがって、少しも残さずにたべた。小骨がないから安心して食べられたのであろう。私にもその傾向があって、エビとカニが大好物で、魚も白身党だ。そして食べ方まで父に似て、まことに下手である。

このわたも好きで、よく白い飯にのせてたべた。酒の肴というよりは、そういう食べ方であった。酒は嫌いではなかったが、強くはなかった。晩年、よく鍋で酒を沸騰させて、火を入れてすこしアルコールをへらして呑んでいた。こんな酒がうまい筈がない。それでも少しは呑みたかったのであろう。

うなぎよりもどじょうの方が好きだったようだ。よく柳川を食べていた。これも私は受けついでいる。

父は東京の生れだが、祖父が滋賀県水口の生れだし、母も水口の生れだったから、我が家の料理は、概して薄味の、あっさりした、たんぱくなものが多かった。東京生れの人は、ごってりした味のものを好むというが、父は、親ゆずりで、たんぱくだったのであろう。

旅が多く、したがって各地でさんざんうまいものを食べていたから、家では、料理については、とやかく言わなかったようである。母のつくるものをおとなしく食べていた。とにかく私は、父が、母のつくるものに文句を言っているのを聞いたこともないし、また、何かある一つのものを特別に好んで、そればかり食べていたという姿も見たことがなかった。

そのかわり、たまに外へ、家族を連れて食事に行く時は、いつも一流の店へ行った。料理屋の名は忘れてしまったが、洋食では「エンプレス」というレストランのことを覚えている。なぜそこだけ名前を覚えているのだかわからないのだが……。

それにしても不思議なことは、私の好みが父にそっくりということだ。それはまた母の味ということになるのだろうか。

（『食食食あさめしひるめしばんめし』一九八〇年四月十日、第二十二号）

■泉　鏡花（一八七三―一九三九）

食いしん坊

小島政二郎

　宇野浩二の「友垣」を読むと、直木〈三十五〉の計画したことはみんな失敗に帰したが、白井喬二の計画したことは全部終りを全うしたと書いてある。が、この会合だけは、この二回だけで挫折(ざせつ)した。第三回目の幹事の大佛(おさらぎ)次郎で流れてしまった。かえすがえすも惜しいことをしたと今でも時々思い返す。ずっと続いていたら、白井君の抱懐(ほうかい)していた野心が、その後実現していたのではないかと思うと、ひとしお残念な気がする。

　なんの連絡もないのだが、酒席の三上於菟吉(おときち)の姿から、酒席の泉鏡花の姿が私の目の前に彷彿(ほうふつ)としてきた。いい機会だから、ここに書いて置こう。

その前に、泉家の番茶のうまかったことを書いて置かないと、文壇伝説が一つ消えてしまう恐れがある。そのくらい泉さんの奥さんの番茶の焙じ方は天下一品だった。その伝授を受けた水上瀧太郎家の番茶がうまかった。小島家の番茶がうまいのも、泉さんの奥さんから直伝のせいだ。

その代り、ガスや電気の焜炉を使っている家庭では、マネができない。泉流の番茶を飲もうと思ったら、長火鉢と炭火とが必要だ。それから茶焙じも、今出来の金物製のではダメだ。枠はなんという木でできているのか知らないが、お赤飯など詰めて売っている片木折、あれと同じような木で簡単にこしらえてある丸い枠があって、枠と枠との間に西の内という紙をグッと押さえて底にした茶焙じがあったものだ。今でも売っている。あれでないと、うまく焙じられない。

お茶は、日本橋の本町にあったなんとかいう葉茶屋。名は忘れた。そこの八十銭の川柳。

種と仕掛けはこれだけだ。あとは焙じるコツ一つ。

私が泉さんのお宅へ伺ったのは、この番茶の焙じ方を教わりに家内を連れて伺ったのが、あとにも先にもたった一度きりだ。麹町区下六番町十一番地のあの二軒長屋。

そこで永眠された。私たちの通されたのは、だから茶の間だった。二階の書斎を拝見して置かなかったのは一代の恨事だと今にして思う。私は小説家の書斎を見るのが好きだ。

お茶はタップリつまんで入れられた。それを遠火に掛けて、初めから不精をしずに茶焙じを揺すられる。煙りが立ち登るのを見てからあわてて揺するようなことはされなかった。気もないうちから揺すっていられた。

そのうちに、いやでも西の内の上で番茶が身をよじったり、もじったりし始める。そのころから、目には見えないが、番茶は芳香を放って来る。それを構わず焙じていれば、ハッキリと目に見えて煙りが立ち登る。

この辺が千番に一番の兼ね合いで、煙りが立つか立たないかの瞬間をとらえなければならない。その瞬間に、最上の味が出るのらしい。言うまでもなく、前でもイケないし、あとでもイケない。番茶の葉の一つ一つが、身をよじったりもじったりし始めるのを見ると、奥さんはあいている左の手をつと伸ばして、静かにお茶の立てる芳香を御自分の鼻の方へ招くようにされた。

この動作が二三度で及第する時もあるし、五六度で及第する時もある。あとは、変ったことはない。焙じ上がったお茶を番茶土瓶に入れて、熱湯をつぐだけだ。我々の家と違って、アルミや瀬戸引きの薬缶をガスに掛けてグラグラたぎらせた湯をジャーとつぐのとは訳が違う。長火鉢で、炭火で、長年使い込んだ鉄瓶で、松風の音を立てていようというお湯をつぐのだから、お湯の加減もいいに違いない。お湯が番茶に当ると、とたんに番茶がなんとも言えない喜びの声を上げる。あれが番茶を入れる時の楽しみだ。

大振りの湯飲茶碗についで出して下さった。私はそのころ四十五、六だったが、その年まで、こんなうまい番茶を飲んだことがない。

「恐れ入りますが、もう一杯」

私がそう言ったのは、今入れて下さった番茶をもう一杯というつもりだったのだが、奥さんは、

「はい、はい」

と、にこやかに笑って、土瓶を持って台所に立って行かれた。泉さんも小柄な方だったが、奥さんも釣り合よく小柄で、実に愛想のいい方で、人の顔さえ見れば、ニコニコ笑われて、愛嬌のある洒落を言われた。腰も低かった。いつも日本髪に結って、

黒襟(くろえり)のかかった着物を着ていられた。顔が笑っているか、目が動いているか、手が動いているか、上体でうなずいているか、それが全部動いているか、しじゅうどこかが機嫌(きげん)よく動いている方だった。

「どうかそんなに気をお使いにならないで下さい」

そう言いたいくらい、私のような後輩の後輩にもよく努めて下さった。

余りうまいので、私は三杯番茶のお代りを頂いた。そのつど、奥さんはお茶を新しく焙じて下さった。考えて見ると、番茶に限らず、お茶のうまいのは一度コッキリだ。この泉流の番茶が水上家に伝わり、わが家に伝わっていることは書いたが、恐らく里見家にも伝わっているのだろうと思う。わが家では、長く後世にこの秘伝を伝えたいと思っているが、

「ああうまい」

と言って飲んでくれる人はいても、さて、

「どうすれば、こううまく番茶が出るのですか」

とまで聞いてくれる人は一人もいない。これまでには一人もいなかった。いや、「ああうまい」と言って飲んでくれた人すら、十人に一人あるかなしかだ。このまま

泉すず流の番茶のうまい焙じ方が滅びてしまうのは惜しいキワミだと思っているが、伝授を乞いに来る人のないものはどうにも仕方がない。

佐佐木茂索が、世界漫遊を終えて帰って来た。歓迎句会を、田園調布の渋澤秀雄邸で催した。いや、渋澤さんが催してくれたのだ。長い間、渋澤邸はアメリカ軍に接収されていたが、最近返って来た。その自祝の意味を兼ねて、長い間支那で暮していられた方がお友だちにあって、その方が支那料理を作って下さった。渋澤さんに「家とられ記」という随筆がある。『宴会哲学』という最近の随筆集にはいっている。面白いから読んでごらんなさい。

渋澤さんの随筆は、読んでいると、面白くって、おかしくって、思わずくッくッと笑ってしまう。ところが、そのうちにおかしさの中におのずとにじみ出て来る哀感に読み終るころは目の中が潤んで来る。ユーモアというのは、有情滑稽という意味だそうだが、渋澤さんの随筆は、本当の意味のユーモア随筆として高く評価されていいものだと思う。「紅白の薔薇」という随筆も、私は読んでいてくッくッと笑いながら、途中から哀感に目の裏がぬれてきた。

渋澤邸は、広い芝生の庭の真中に、幹が八本だかに分れている欅の大木がある。渋澤さんは確か雨の日が好きだったのかな。それで欅雨荘（きょうそう）と名付けていられるのだったと覚えている。

接収された家としては、まあまあ無事に返って来た方だ。当人にすれば、「縁側や床板がキズだらけになって」などと言っているが、まあまあよかったとしなければ罰（ばち）が当る。

この欅も、この十畳二タ間ブッコ抜きの部屋も、私たちにはなつかしい思い出がある。戦争中、例の服装で防空頭巾（ぼうくうずきん）を背中にしょって、炭とお弁当とを持って、ここへ運座（うんざ）にたびたび通ったものだ。

一度、炭だけ持って行けばいい時があった。その時は、その場で詳しい説明を聞いたのにもう忘れている、なんでも何かルートがあって、焚（た）き立ての暖かい御飯のはいったお弁当が出た。そのくらいだから、おかずも豊富で、いろいろあった中に大きなカツレツがはいっていたのを今でも覚えている。

それからもう一度は、おかずなしの御飯だけのお弁当を持参せよという時もあった。その時は、庭に生（は）えているものを片端からテンプラにして食べさせてくれた。ネギ坊主が一番うまかったのを覚えている。藤の花の三杯酢などというのも食べさせられた。

そのころは、いとう句会発祥の家である「いとう旅館」の主人、枕絵の殿さまという仇名のあったくらいの好男子の槇さんも達者で、久米正雄も、高田保も盛んに駄弁を弄していた。

小絲源太郎画伯は、最近多摩川園前から田園調布へ越して来たが、その時もとの家から今度の家へ朴の木を移植した。彼の号は朴亭という。その朴の木が枯れたと言ってつらそうな顔をしていた。私は朴の木が好きで、一度花をつけた小絲邸の朴の木を見に行くつもりでいて、とうとう見そこなった。もう朴亭という号をやめると彼は言っていた。

欅雨荘には、まだいろいろの思い出がある。その欅雨荘が返って来たのだ。さぞうれしいだろうと思うと、私たちまでうれしくなった。なつかしくあたりが眺められた。長押に、いろんな絵書きの書いた団扇がさしてあった。八月十八日のことである。

その席上で、佐佐木夫妻に会った。夫人は尾鰭が付いて立派な令夫人になって帰って来た。佐佐木の方は、私と同年だが、私と違って漆黒の髪の毛に一本も白毛がなかったものだが、目に立つほどの白毛をまじえて帰って来た。顔が合うなり、彼は、

「お前に頼まれたフィルトルね、あれ、買ってきたよ」

そう言った。聞いたとたんに、私は相好をくずしたろうと思う。友だちや知人がフランスへ行くと聞くと、帰りのお土産にフィルトルを買ってきてくれと幾度頼んだことか。そのたびに、楽しみに待っていたが、みんな忘れて買ってきてくれなかった。私の三十年来の夢だ。今度佐佐木が忘れて買わずに帰って来れば、もう私の夢も実現する機会はあるまい。どうか忘れないで買って帰ってくれますように——。私はそう祈っていた。忘れさせないために、彼が立つ時羽田の飛行場まで見送りに行くつもりだったが、その日は私が京都へ立つ日で、見送れなかった。

　見送れなかったことは、忘れられる瑞相のように思われた。私は多少気に病んでいた。佐佐木より一ト足先に帰って来た今日出海さんに、カーニバルの最後のビッグ・パレードの日に会ったら、

「ああ、パリでは佐佐木さんと一緒に、あなたから頼まれたというフィルトルを捜してまわりましたよ」

　そういう話を聞いた。

「方々捜して、古道具屋まで行きましたが、どうも思わしいのがなくってね。今出来のやつは幾らでもありましたが、ちゃちでね」

佐佐木が今さんと歩いた時には気に入ったのがなくって、結局買わなかったという話だった。私は、ビッグ・パレードの審査発表を待つ間、海岸の葭簀張りの会場のイスに腰を掛けたまま、何万という海水着の群集の頭越しに海を眺めながら、オヤオヤと思った。

そのあとだけに、買って帰ったと聞いた時には、私はワクワクするほどうれしかった。古くっていいのは友だちとお酒だというコトワザを思い出した。

パリ土産のフィルトルは、お饅頭ぐらいの大きさの小さなものだった。

コーヒー茶碗の縁に引ッ掛かるぐらい、底が器よりも五分ほど丸く四方に出ている。蓋を取ると、底にこまかな穴が無数にあいている。日本出来のフィルトルと違うのは、同じくらいの小さな穴のあいた金物の押さえが付いていることだ。コーヒーを好きなだけ入れてから、この押さえで上から押さえるのだ。この押さえにはつまみが付いていて、加減ができるようになっている。この押さえで押さえて置いてから熱湯を注ぐのである。幾度かコーヒーを入れて見て、この押さえがフィルトルの生命であることを私は発見した。日本の模倣品は、この一番大切なものを逸しているのだから、うまいコーヒーがはいる訳がない。

ごく簡単に製造できそうだし、普通のパーコレーターを作る材料で三つぐらい作れるだろうから、是非イミテーションをこしらえてもらいたいものだ。パーコレーターよりもはるかに造作なくコーヒーがはいるし、できたコーヒーのうまさは比較にならない。

私は、最近アート・コーヒーで売り出したブルー・マウンテンというコーヒーを使って見た。これは渋みがなくて私の好みに合う。フィルトルを使うと、実に簡単に香り高いコーヒーができる。

この簡単にできるということが、何よりも有難い。ことに、フランス人の発明品だけあって、コーヒーが少なくって済むということ。今まで使っていた三分の二しかコーヒーがいらない。

こんな便利な品を、フランスへ洋行した人しか使えないというのは不都合だと思う。アメリカの模倣品ばかり作らずに、明治時代の日本人のように、世界中で一番いいものを模倣するようにしてもらいたい。その意味で、コーヒー入れは、このフィルトルを模造して、フィルトル使用の喜びをみんなに分ち与えてくれないものだろうか。

これで私は今あるコーヒー入れは全部使って見たことになる。そこで顧みて見るのに、イギリスのキンヒーと、フランスのフィルトルとが一番うまいコーヒーを作ることができるという結論を得た。最近イタリアのエスプレッソを使ってうまいコーヒーを飲ませるという広告を見て行って見たが、無神経な使用人に任せッぱなしにしてあるので、コーヒーの成分を残らず絞り出したといった味で、お話にもなんにもならなかった。器を見せてもらったが、錫でできたキンヒー式であった。これなどは、宝の持ち腐れだと思う。最近、坂崎坦さんから、銀座西七丁目に「ランブル」といううまいコーヒーを飲ます店のあることを教わったが、まだ行って見る暇がない。

佐佐木にせびって、いいものを買ってきてもらったと喜んでいる。

「こんな小さなものだけれど、カバンをあけるたびにゴロゴロして、世界中邪魔だった」

佐佐木はそう言って恩に着せて渡してくれたが、私がうまくはいるぞと報告に及ぶと、

「そうか。僕だって毎日一度はコーヒーを飲むのだから、こんな小さなものだし、もう一つ買って来ればよかった」

そう言って後悔していた。私としてはますますいいことをしたと思っている。

フィルトルの話はこれくらいにして、泉鏡花の話に戻ろう。鏡花が黴菌恐怖症で、よく火の通ったものでなければ口にしなかった話は、今日ではもう知らない者もないくらい有名な話になっているが、ある時、水上瀧太郎、里見弴、久保田万太郎などという先輩と一緒に、大根河岸の「はつね」というシャモ屋へ行ったことがあった。その時、偶然鏡花と私とが差向かいに一つ鍋を突ッつくことになった。

御承知の通り、牛でも鳥でも葱でも豆腐でも、煮えたか煮えないかの瞬間が一番うまい。いつものデンで、私は煮えるそばから鳥、豆腐をサッサと口へ運んでいた。見ると、鏡花が鍋の真中に、五分に切ったネギを並べている。何をしているのかと思って見ていると、並べ終った鏡花が、

「小島君、これからこっちへは箸を出さないようにして頂きたいですな。そっちはあなたの領分、こっちは私の領分。相犯さないことにしましょう」

いつもの愛嬌のある笑顔を見せて軽い調子でそう言われた。眼鏡の向こうの目が、小皺を刻んでやさしく笑っていた。私はそう言われるまで気が付かなかった自分の鈍感さにハッとした。なんでもクタクタに煮てからでなければ口にしない鏡花にすれば、私のような相手と一つ鍋に向かい合ったとなると、いつまで立っても自分が食べる機

会がない訳だった。クタクタに煮える前に、片端からみんな私に食べられてしまうからである。

なんでも一番の好物はお豆腐だという話だ。コレラがはやれば、もうその日から魚類(さかな)は口にしなくなる。外出先で食べるものは鳥に限っている。一度大煩(おおわずら)いをされた時、三角(みすみ)博士に診察してもらったら、博士は水上瀧太郎に声を低くして、

「栄養失調になっていらっしゃいます」

そう言われたそうだ。牛肉を食べ、牛乳を飲むようにして頂きたい。そういう注意を受けた水上さんは、相手が生臭(なまぐさ)ぎらいな鏡花先生だけに困った。好ききらいは生来のものだから、言っても言うことを聞いてくれるかどうか分らないし、言うことを聞かなければ、生命に関することだし、水上さんもいろいろ迷った。

でも、水上さんを絶対信用していたせいだろう、話したら、存外素直に、食べられるかどうか自分でも分らないけれど、君がそう言うなら努めて食べて見よう、そういう返事を聞いた時の喜びを、後に水上さんの口からじかに私は聞いた。

その代り、水上さんの買って来る牛肉でなければ食べないので、毎日会社の帰りに、牛肉を買って帰らなければならなかった。そのころはまだ『花月』が金春通(こんぱるどお)りにあっ

て、日本料理の外に牛肉のスキ焼を自慢にしていた。文士や画家が集まって、毎月二十八日にスキ焼の会食をしていたのもそのころだ。平岡権八郎という西洋画家がここの若旦那だった。上野の「揚出し」の若旦那が小絲源太郎、料理屋のムスコが、二人とも西洋画家になったので当時評判だった。水上さんは、平岡権八郎に頼んで毎日いいところを百匁ずつ買って帰り帰りした。それほど泉さんは粗食だった。

自然主義の文学が勃興してから、鏡花の小説が時代に取り残されたことは想像するに難くあるまい。そうした鏡花の小説が、大正になってからまた世に迎えられるようになったのは、谷崎潤一郎、里見弴、芥川龍之介、久保田万太郎などが鏡花熱を再燃させたのが与かって力があった。その原動力となったのは水上瀧太郎の、不遇時代から変らざる鏡花崇拝の熱情だった。だから、泉さんが水上さんを信頼されたのも当然だったろう。

鏡花熱再燃の絶頂が、春陽堂から「鏡花全集」が出版された時だろう。この時有名な芥川龍之介の鏡花礼讃の名文が内容見本の巻頭を飾った。

この「全集」の印税が莫大に泉さんの手にはいった。泉さんの栄養失調の話はこの前後のことだったかと思う。水上さんは泉さんの死後のことを心配したらしい。と言うのは、泉さん夫婦はまだ正式に籍がはいっていなかったのだ。奥さんのすずさんが一人娘であったために、籍を入れることができないままになっていたのである。

法律のことはよく知らないが、妻の籍がはいっていないで夫が死ぬと、財産は妻の手にはいらずに、夫に弟があった場合、弟の物になってしまう。泉さんには斜汀という舎弟があった。泉さんの財産は、つまり斜汀の物になってしまうのだ。

それを心配して、水上さんが遅蒔きながら奥さんの籍を入れることを勧めた。このままだと、財産が奥さんの手にはいらないと聞いて、泉さんも驚いた。一も二もなく水上瀧太郎の勧めに応じる気になった。

そこで、然るべき弁護士に頼んで、長女で戸主であるすずの籍を抜いて、農家の籍に入れる手続きを取ってもらった。ところが、裁判所の承認を得るためには、一度どうしても裁判所へ出頭しなければならない。

そういう目的で裁判所へ出頭することは、我々の常識からすれば、正当なことで、やましくも恥辱でもなんでもなかった。ところが、泉さんには、これが正当なこととは考えられなかった。水上さんが、その話をした時、泉さんは顔の色を変えて出頭することを肯んじなかった。

「その言い分が振るっているんだ」

水上さんはあきれた顔をして私に言われた。

「罪人のくぐる門をくぐるのはね」

そういうのが泉さんの答えだったそうだ。いかにも鏡花らしい言い分として面白いには面白いが、実際問題として水上さんは困った。

しかし、結局、大骨折ってやっと納得(なっとく)させて事は無事に落着した。

(『あまカラ』一九五三年九月五日、二十五号、十月五日、二十六号)

鏡花と好物

泉　名月

鏡花の「お好きなもの」の話は、鏡花の妻の〝すず〟からききました話です。鏡花の妻のすずのもとへ、私が十の時に養女にまいりまして、鏡花の家を見回しまして感じました話です。

鏡花の妻のすずは、長火鉢の、鉄びんのお湯がわきだして、よい音色にひびきますと、お番茶の葉をすいのうで、ゆっくり、のの字にまわしたり、とびあがらせたり、お茶の葉がこんがりとつやの出た、いい色になるまでほうじました。こうばしいよい香りが家いっぱいにひろがります。お番茶は朝と夜にほうじて入れました。

お番茶をいただきながらの時など、鏡花のことをこう話しました。

「あるじは……」「あるじ」というのは鏡花のことです。「あるじは、毎朝、梅干を一粒召しあがりました。朝、梅干を一粒いただくと、その日一日、さいなんにあわないというの」

その梅干というのが、泉家特有の梅干でした。すずの手漬けの梅干です。梅の実は、鏡花がごひいきにしていた修善寺の「あらい」という旅館から、毎年、粒選りによって送られてきた梅の実だそうです。大粒で果実が厚く、種子が小さいのが特色です。梅の実は、土用干しの時に、すずが、番町の家の二階の物干し台で、つききりで、うちわであおぎつづけて、はえや虫がとんでいないように見張りをして、干してから、かめに漬け込みます。十年二十年と漬け込みます。梅の実は、長年漬け込み、年数が重なっていればいるほどよいのだそうです。

二十年以上もたっている梅干し漬けのかめの蓋をあけて、梅干をとりだすのを見たことがあります。かめの口近くの表面には、濃い紅色のルビーを、ぼたんの花びらでしぼったとでもいいたいような、寒天のようなものが、一センチくらいの厚みで表面をおおっています。その奥深くに、梅干が思い思いの角度をつくって、形よく重なり合って並んでいる。一粒一粒の形をこわさないように、薄い表皮が破れないように気をつけて、小出しの蓋付きの器物にうつします。一粒一粒の梅干の表皮は、梅の花の花弁よりも薄く、その中の身は、肉が厚くて、酸味も塩味もねかされて、やわらかなまるみのある味。梅干の身の方ばかりでなく、種の方も、吸えば吸い込むほど、種のしんの方からおいしい味がでてきました。私など、種の殻まで、小さく細かに嚙んでそっといただいてしまいました。

ほんとうに、すずの手塩にかけた二十年漬けの梅干を味わえば、たいていの邪神・魔神は、退散消失して、その日一日の気力がみなぎる感じでした。

朝御飯を炊きますお話でございますが、ガスもその当時にはひけておりましたけれども、鏡花の妻のすずは、ごはんを、黒塗りの「おへっついさん」でたきました。ごはんをたきますのに、まき、三本でたかなくてはいけないというのです。じっさいに、すずは、まき三本でごはんをたいてみせたそうです。まき三本でごはんをたくには、火加減をよほど気をつけていないと、うまくたけないそうです。はじめてきた手伝いの人などは、同量のごはんをたくのに、まきが四本も五本もいるのだそうです。朝の味噌汁の実は、ゆうべのうちに、「朝のおみおつけは何になさいますか」と鏡花におうかがいをたてるのだそうです。初夏の新玉ねぎの頃ならば「玉ねぎ」、秋になれば

「なす」であったときいています。

鏡花の妻のすずは、夕ごしらえにはもう三時頃からとりかかっていたようです。包丁さばきも切れ味鋭く、膳ごしらえも盛りつけもあざやかでした。

鏡花が書き物をしていて夜おそくなることがあります。そのような時のために、台付きのお膳がそっくり入る食器棚が用意してありました。

鏡花の妻のすずの「おぼえ帳」、大正十年三月を開いてみましたら、このようなふうでした。

一日。朝は若め。昼はナシ。夕はたいうしを、たいあまに、かれいむしやき、さけ。

二日。朝は若め。昼はさけ。夕は三河やの牛肉、さけ。

三日。朝はねぎ。昼はナシ。夕は口とり、はまぐりのすい物、くわい・しいたけ・にんじん・白魚のうまに、ぬた。

四日。朝は若め。昼はかもなんはん。夕はさけ、とりむしやき、とうふにつけ。

五日。朝はねぎ。昼はナシ。夕は干かれい、しらす、さけ。

六日。朝は若め。昼はさけ。夕は阿部さんかに。

七日。朝は若め。昼はかもなんは（ば）ん。夕はナシ。「藤村屋」行一人。
八日。朝はねぎ。昼はうと（ど）ん。夕は生さけてりやき。湯どうふ。きすにつけ。
大正十年三月といいますと、鏡花は四十八歳。住居は東京麹町六番町の家です。
三月三日はお雛（ひな）様ですから、はまぐりとぬたでおもてなしをいたしましたのでしょう。

春の朝は、若めかねぎの味噌汁。お昼はぬきかお酒。夜はすずの手料理。時々、「藤村屋」というお気に入りの粋な所へ行かれたり、月に一度、九九九会という集まりがあったようです。

お酒の燗（かん）は、鏡花は熱燗で、二合くらいあがったそうです。お燗は「ちろり」という、しまりがよい銅製のやかんでお銚子をあつくつけました。

鏡花は「お日様の方に向けてすかしてみて、骨がすきとおってみえる柳かれいの干物がお好き」でした。

鏡花は、まるごとむいたりんごの両端をもっていただくのがお好きであったそうです。りんごの皮をまるごとむく時も、りんごの中心の両端のほかは、指がどこにもさわってはいけないのです。

「朝のりんごは金のりんご、昼のりんごは銀のりんご、夜のりんごは銅のりんご」と、鏡花の妻のすずは、養女の私などを前にして、りんごをむいていただく時にはこういいました。

鏡花は昭和十四年に亡くなりましたが、すずは鏡花が生きている時と全く同じの日常生活を送っていました。生前にもそうしましたように、ほうじたお番茶には「なみの花」（食塩）を「少々お入れして」「あるじ」にさしあげました。すずが「なみの花」を入れ忘れたりしますと、「おい、どうした」と鏡花が夢に現われて、すずを起こすのだそうです。

（『食食食あさめしひるめしばんめし』一九七九年四月十日、第十八号）

■志賀直哉（一八八三―一九七一）

フグ

福田蘭童

志賀直哉先生は、フグが大好きであった。

ある日、湯河原のわが家へ井伏鱒二さんと、瀧井孝作さんが、泊りがけで釣りに来られた際、吉浜の沖合で多量を釣った。かなり大きなフグを、五十尾以上も釣ったのであった。

井伏さんは、気味わるいから持ち帰らぬというし、瀧井さんは、フグを食べたことがないというので、フグの大半を大洞台（おおほらだい）の、志賀家へ持ちこんだ。むろんわたしが料理するわけである。

たまたま夏であったので、志賀家にはお孫さんまで避暑にこられていた。大洞台の山荘は、山の中腹にあり、応接間兼食堂から、伊豆の海が見下せるし、三原山の噴煙も見え、春はあたたかく、夏は涼しい家なのである。フグの首のまわりに、出刃庖丁を刺して、引っぱると、皮がくるりとむけ、臓物までがとれてしまう。臓物には青酸加里の三百倍もの毒素がある卵巣その他があるので、怖い調理である。

しかし、わたしは釣ってきたフグを自分で料理し、何百回も食べているので、調理に自信があった。皮にも毒があるので、フグの頭や、臓物を袋にいれて、山中に埋めた。猫や、犬が食べたらイチコロとなるからだ。

フグの白身を、庭先にある水道で、よく水洗いしたあと、勝手元へ持ちこみ、水をかけながら、三枚におろした。フグ料理は、水洗いすることが、最も大切な基礎なのである。

志賀先生は、ときどき台所へあらわれて、

「きみ、大丈夫かい」

と心配した。

なにしろ十数人の客だから、だいぶ時間がかかった。フグさしと、フグちりの材料がととのったときは、裏山でヒグラシが鳴いていた。

志賀家には、大皿や小皿が揃っているので、盛り皿や、取り皿には苦労がなかった。柳宗悦さんや、浜田庄司さんから贈られた陶器が、たくさんあったからだ。砂糖が欲しければ、浜田さんが、志賀先生のために作った骨壺の蓋をとればいいのだから便利にできている。

益子焼きの大皿に、フグさしを菊花状にならべ、中央に霜降りのフグの皮のかわりに、大根おろしを添えた。フグの皮にも毒素が多量にふくまれているからだ。もみじおろしや、ポン酢はお手のものだ。

家のまわりの畑にはダイダイがいっぱいぶらさがっている。青いけども結構、酢の味がする。一方、火をいれたシチリンを食台にのせ、鍋をかけてフグチリの材料をぶっこんだ。焼どうふはあったが、白菜や春菊がなかったので、ネギとミツバをそのかわりとした。

まずビールで乾盃し、フグさしに手をつけた。フグさしというものは、紙のように薄く切って盛るのが特徴だが、志賀先生は、厚いほうが味があっていいとお世辞を言ってくれた。薄刃がないから、出刃では自然と厚くなる。わたしのフグ料理に、志賀一家の人たちは、いささか不安であったようだが、わたしがもりもりと食べたので、それに引きずられて、みなわれもわれもと箸を急がせた。

三十分ほど経って、貴美子さんが赤い顔をして、

「口のまわりがしびれるわ」

といった。

「口のまわりがしびれるようでないとフグの味がでないのさ」

と、わたしが説明したが、ちょっぴりと不安になった。

十歳前後のお孫さんたちの顔がみな真紅な色になってきたではないか。フグの毒というものは、三十分が勝負である。フグを食って死んだ釣友の顔が目にうかぶ。また自分が中毒した経験もよみがえってくる。中毒しても、無事に三十分を経過すれば、死ぬことはないと知っている。が、気が気でなかった。早く三十分すぎて無事であるよう心で祈っていたのであった。

「きみ、フグちりもこのくらいにして、麻雀をやろうじゃないか。残ったフグは、ぶつ切りにして、角煮にしてくれ給え」

と志賀先生が助け舟をだしてくれた。なにしろ五十尾ものフグだから、残した白身を鍋にいれて、角煮にした。砂糖は志賀先生が、浜田さんに作らせた骨壺の中から、

つかみだして、かくし味とした。

志賀先生ご夫妻と、貴美子さんと、わたしの四人で、麻雀をやった。貴美子さんの顔から赤みが去り、しびれも遠のいたと言ったので安心した。隣り部屋から、お孫さんたちの笑い声が漏れているので、これまたほっとした。その夜、おそくなって家へ帰り、

「もう他人の家では、フグ料理は絶対にするものではない」

と自戒したのであった。

翌(あく)る日、志賀先生から電話があった。

「きのうのフグさしは、うまかったが、それよりも、角煮のほうがよくできていた。今朝、お茶づけにして、みんなで食べたところだ。よかったら遊びにきたまえ。角煮がまだ残っているから……」

わたしは、「フグというものは……」と言いかけ、「煮ても焼いても、毒は消えません」というところをカットしてしまった。ニシキドロニンという毒素は、熱を加えても消えないのである。

そもそも、わたしがフグの美味さを知ったのは、戦争中のことである。傷痍(しょうい)軍人

を慰問するために、大辻司郎、小唄勝太郎などと九州へ行った。下関の宿へ着いたのが早朝で、雪がちらちらと降っていた。腹が減っているから寒さがひどい。寒さにはチリ鍋にかぎるといって、大辻君が鍋ものを注文してくれた。

女中が運んでくれたものは、青磁色の皿に、白身の刺身が菊花状にならべてあった。大辻君は、「玄海灘でとれたタイの刺身だ」といった。うまそうだ。つづいて骨つきのブツ切りに春菊、ダイダイ、トウフなどが添えてあった。これもうまそうだ。しかし、十人ほどの一行は、刺身に箸をつけようとはしなかった。わたしは薄い刺身をポン酢にひたして、他人の分までペロリ、ペロリと平げた。なんと弾力のあるタイだろう。二十分ほどすると、口のまわりがしびれてきて、呼吸と脈はくがおかしくなってきた。呼吸がおかしくなるだけでも、尺八での慰問は不可能である。わたしは胸ぐるしくなって座布団をならべてころがった。

「あッ、フグにやられたらしい」

大辻君の甲高い声が部屋から廊下へつきぬけていく。女中がやってきて、

「正月だからお医者さんは来なさらん」

といった。

「それじゃ、早めに軍病院へ行って手当をしてもらわなきゃ……」

と大辻君の声。

すぐに病院から軍用トラックがやってきた。わたしはベッドに寝かされて、興奮剤と下毒の注射をうけた。そして、軍医が、

「庭の隅に五尺ほどの深さの穴を掘るがよか」

と部下に命じているのがかすかにきこえてくる。眠くて地獄へ引きずりこまれるような状態であった。そのうち腹が痛みだした。

「もう心配なか。体温を泥土でとる必要もなか。中毒してから一時間を経過したばってん」

と軍医殿の声がはっきりきこえてきた。わたしはフグの中毒からすくわれたのであった。

はじめて食べたフグであった。フグは怖い。もう絶対に食うまいと思った。が、その翌日からフグのファンになった。そればかりか自分で釣ったフグを自分で料理して食べるようになってしまった。こんな美味な魚は他にないと思ったからである。

志賀先生のフグ好きは有名である。フグさしよりもチリのほうを好んで食べられた。

歯が悪いので、刺身にしたフグの弾力がこたえるのだろう。

（『志賀先生の台所』一九七七年三月四日刊、現代企画室）

山鳩と生ウニ

福田蘭童

志賀直哉先生危篤と知って関東中央病院へかけつけたが、里見弴(とん)先生や、志賀先生のお弟子にあたる尾崎一雄、藤枝静男、阿川弘之の諸氏に会えただけで、ついに志賀先生にお目にかかることができなかった。意識不明で面会謝絶だというのである。

その翌日、志賀先生は亡くなられた。夜おそくなって渋谷の志賀家を訪れた。訪問客としては台湾から直行されたという谷川徹三先生が、一人さみしく座っておられただけだった。

応接間兼食堂の広い板の間に大きなベッドが横たわっていた。二男の直吉さんが、わたしのために布団の端をめくってくれた。そこには安らかな志賀直哉先生のお顔があった。

「父は大往生でした。安らかな顔をしているでしょう。しかも何か語りたげな顔つきで……」

直吉さんは志賀先生のほおに手をあてられた。わたしは黙ってうなずき、手を合わせたのであった。

まったく志賀先生はお話ずきであった。気にいった人ならば、目をかがやかし、手をふりながら次から次へと話題をすすめていく。ときには長いアゴ鬚（ひげ）をなでながら……。

わたしが志賀先生を知ったのは戦後であり、広津和郎さんの紹介によるものであった。

志賀先生が伊豆の大洞台（おおほらだい）に移転されてからは足繁く志賀家へ通うようになった。わたしは湯河原に自宅があるために自転車で通ったり、熱海からバスでよく行ったものである。

志賀先生が戦後発表された作品のなかで「山鳩」という名小品がある。わたしがモデルでしかも実名。

ある日、わたしが大洞台の志賀家を訪ねると、志賀先生は、

「福田君、これから広津のところへ行って麻雀をやろうじゃないか」

と、仰有る。

「お伴をしましょう。麻雀は大好きだから、しかし鉄砲を持っているし、地下足袋をはいているのでネ」

と、ちょっと渋っていると、

「そんなことかまうもんか。洋服を着替えるまで待っていてくれ給え。バスが来るまでには三十分ぐらいあるし……」

志賀先生は奥の部屋へ消えられた。わたしはじっと待っているのも意味がないので、志賀家の裏につづく山の中へ入っていった。すでに小綬鶏を一羽射止めて持参していたが、一羽でも多いほうが食事の足しになると思ったからである。

大洞台の山の大半は蜜柑や夏柑の木でおおわれているが、中腹から上はクリ、エゴ、ナラなどの灌木林であり、小綬鶏、キジ、ヤマドリ、ヤマバトなどの餌つきやすい場所となっていた。この山地へはときどき入っては小綬鶏に散弾をぶっぱなしたことがあるし、クリ拾いや、ワラビとりなどに入ったことがあるので地形をよく知りぬいていた。

かさこそと木の葉を踏みしめていると、二羽のハトが飛びたった。すぐに引金と筒先はハトの行方を追った。二連銃はデーンと山々にこだました。一羽がバサリと木の葉の山に落ちた。

山を降り、志賀家の門前に近よると志賀先生はステッキを持って待っておられた。

「近くで音がしたが、何か撃ったのかい？」

「ハトが飛びだしたので、小綬鶏のかわりに……」

わたしは網袋のなかから山鳩をとりだした。志賀先生はそれを手にして、

「まだあたたかいから、いま撃ってきたことには間違いない。とにかくうまそうだ。広津家へ行って食べようじゃないか」

目をかがやかせて仰有り、坂道をおりてバス道路にでた。すぐに湯河原発、熱海行きのバスが来たので、それに乗りこんで清水町の広津和郎宅へ行った。広津さんは、熱海大火で焼ける前は、糸川に近い清水町の横丁に住んでいたのである。

広津家へ入ると、谷崎潤一郎先生の弟にあたる谷崎精二さんが先着されていた。精二博士は麻雀ができぬというので、酒にすることにした。わたしは台所に入り、湯をわかして小綬鶏とハトに熱湯をかけ、羽をむしり、身をばらして串にさした。広津さんの世話をしているお浜さんが火をおこしてくれたので焼鳥にした。

「とてもいい匂いじゃないか。まだ焼けないかい？」

志賀先生はときどき台所へ顔を出し、アゴ鬚をしごきながら催促した。

振り塩した串は、こんがりと焼けたので食膳へはこぶと、三人は急いで串にかぶりつき、

「これはうまい。戦後はじめて食べる焼鳥の味だしな」

そういってよろこんだ。一羽の小綬鶏と一羽の山鳩では胃を満たすには足りぬが、味を褒めてくれたのでわたしは撃ってきた甲斐があると満足した。

谷崎さんが帰られたので、四人で麻雀をやり、夜おそくなってから引き揚げた。それから一週間ほど経ってから鉄砲をかついで志賀家を訪ねると、

「きみ、もう家の近くで鉄砲を撃たないでくれよ」

と志賀先生が真顔で言う。

「どうしてですか。音がうるさいとでも」

「違う。夕方、いつも見なれている二羽のハトのうち、一羽が近ごろ目に映らないからだ」

「そんなに気になるのですか」

「食ったのはボクなのだが、どうも後味がわるくてネ」

「そんなに気にされるならば、のこりの一羽も撃ってあげましょうか」

志賀先生は、なんか言いかけたが、急に口をつぐんで目をパチパチさせた。みぞれ降る冬の日のことであった。

これらのことが「山鳩」という小品のテーマとなった。そして結末「こわいのは地下足袋の福田蘭童である。鳥にとってこわい男である」と書いて結んでいる。

志賀先生はたいがいのものは食べられる。また種々な食べかたも知っていた。

わが家へこられたとき、庭の隅にあったイチジクの木から木の粉がふきだしているのを見て、

「鉄砲虫にやられたらしいネ。粉の出かたからすると、芯ふかく食いこんでいるようだ」

と、なかなかくわしい。

「イチジクの木は蜜柑の木よりやわらかいので、すぐに虫が食いこんでしまいましてネ」

「鉄砲虫は木の皮をかじり、ヤニがでてくるのを見計らって産卵する。卵はヤニのな

かで育ち、そのまま木の中心へと食い進んでいくわけだ」

「蜜柑のほうは消毒しますが、イチジクのほうへはつい手がまわらなくて……」

「きみは、鉄砲虫を食べたことがあるかい」

「サナギを焼いて食べたことがあります。子供の時分、疳（かん）のくすりだといって食わされました」

「なかなかうまいものだ。サナギよりも成虫のほうがもっとうまいよ。生きたやつを食べるとコリコリという音がして……」

「本当に食べられたのですか」

「我孫子（あびこ）に住んでいたころ、ナラの木にたかってた鉄砲虫をとって食べたことがある」

ふと、イチジクの枝をみつめると、小型の鉄砲虫がたかっていた。普通の鉄砲虫より色がうすく、触角には横縞がはしっている。

「先生、生きた鉄砲虫がたかっています。とって差しあげましょうか」

「む、うまそうな色をしているが、ちかごろは、めっきり歯がわるくなってしまったのでな」

さすがのイカモノ食いの先生も、するどい歯をもつ昆虫には食欲がおこらなかったらしい。

志賀先生は魚介類を好んで食べられた。ある夏の日、わたしは大洞台から県道におり、さらに草木につかまりながら傾斜のひどい崖をおりて海岸へ出た。そこはあまり人が近づかぬので貝類がたくさん棲息していた。しかし、アワビは無断でとることはできぬし、サザエは硬いので、水にもぐってウニだけをとった。ウニは栗のイガのような刺(とげ)が密生しているので、志賀家へ持ちこんでも始末がわるいので、海岸で割り、黄身だけをとって持っていくことにした。

ウニを石でたたき割ると、紫色をした液体の中から黄色いものが顔をだした。それをつまみとり、ニュームの弁当函(ばこ)につめた。一時間ほどで数十のウニはとれたが、弁当函を満たすには充分でなかった。

そのうち潮が満ち、波もでてきたので、ウニの殻に石や砂をかけて引きあげた。

弁当函の中で黄色くうずくまっている生ウニを見た先生は、

「これは素晴らしい。こんな近くでとれるとは知らなかった。みんなで食べることにしよう」

と言ったと思うと、

「おい、康子ッ、貴美子、早くメシの用意をしろ。福田君がウニをとってきたんだ」

と、大声で怒鳴った。康子夫人と四女の貴美さんを大声で呼びつけるときは機嫌のいい証拠である。

やがて食事となった。大きなテーブルの前に志賀一族が集まった。

「いい色だろう。このウニは……」

まではよかった。が、志賀先生は弁当函を手の平にのせたままだった。一人で全部たいらげてケロリとしたのであった。それほど志賀先生は、活きがよく、やわらかいものには目がなかったのである。


（『志賀先生の台所——付・山鳩（志賀直哉）』一九七七年三月四日刊　現代企画室）

熱海大洞台の日々——志賀直哉の人と「食」の交わり

紅野敏郎

志賀直哉が熱海大洞台(おおほらだい)に居を移したのは敗戦後間もなくのことであった。ここでの生活の一端は小品ながらも一級の趣のある「朝顔」や「山鳩」、あるいは短編「朝の試写会」などによってうかがうことが出来る。「朝の試写会」には、同じく熱海天神町に移り住んでいた広津和郎らとの交わりの実体がおだやかな筆致で描き出されている。

「山鳩」には福田蘭童が登場し、ワンスケッチでもって福田の行動と心情が鮮かに描かれている。「朝顔」は少年のころそれほど美しく思わなかった朝顔が、年老いるに従い、また海のひろやかに見わたせる大洞台の生活のなかで、おのずと驚くほどみずみずしい花と気づく作品である。

志賀直哉は住居は二十数回変え、長短を問わず、その住みついた場所、場所で、多くのみごとな短編を生み出した。「衣食住」のなかでは、「食」よりは「住」のほうに関心はむしろ高かったといえる。

熱海生活のなかで広津和郎に語るという形式でまとめられたのが「稲村雑談」であるが、これは自分の生い育った家庭のこと、家族のこと、芝居熱や読書体験のこと、影響を受けた内村鑑三のこと、「白樺」のこと、尾道・松江・赤城・我孫子(あびこ)・京都・奈良など移り住んだ土地にちなんだ話などがつめこまれている。しかし「食」についてはほとんど言及されていない。我孫子時代に里見弴らが発行していた雑誌『人間』のアンケートに答えたものがある。そのなかの「趣味及嗜好」の項には「前は生き物を飼う事だったが今は木や草に興味あり」と記されているし、「人生観」や「芸術観」を示す標語については「圧迫せず、圧迫されず」と答えている。つまり「食」についての言葉はまったくといっていいほど出て来ない。しかし「鮨(すし)新聞への返事」という一文には、「所謂(いわゆる)食通ではないが、うまい物を食う事は好きな方で、殊に開西にいると、鮨のうまいのは時々食いたくなる」と述べ、ついで「上京して久しぶりで京橋の幸ずしを食い、矢張うまく思った。」と書かれている。さらに「好きなのは晩秋の鮪(まぐろ)

のいい程に脂の乗った所、赤貝のひも、旬（しゅん）の蛤（はまぐり）等」と答えたものが残っている。「所謂食通」ではないが、「うまい物」を食うことは好き、という言葉のなかに、志賀直哉の日常生活のありよう、志賀文学の特質がいみじくもにじみ出ている感じがする。

福田蘭童に『志賀先生の台所』（昭和五十二年三月、現代企画室、のち旺文社文庫）という本がある。「台所」とある故、「食」に関する話が多いように見えるが、むしろ晩年の志賀直哉の生活全体に及んでいて、「台所」という題名にごまかされてはならぬ本である。その生活のある部分に、口八丁、手八丁の福田蘭童らしい観察が挿入されていて一気に読める。「山鳩」に登物する福田は足繁く大洞台に通い、花札を引き、猪（しし）鍋を囲み、沖釣りを楽しみ、自転車の曲乗りを披露する志賀とつきあう。福田自身はいうまでもなく画家・青木繁の遺児であり、尺八の名手。エッセイも巧みで、しかも釣り人、料理人としての腕も確かという人物である。

生ウニを福田が海岸で採ると、志賀は、

「おい、康子ッ、貴美子、早くメシの用意をしろ。福田君がウニをとってきたんだ」

と、大声で怒鳴り、志賀一族が大きなテーブルに集まると、

「いい色だろう。このウニは……」

といい、一人で全部平らげ、ケロリとした話が冒頭に出てくる。「活きがよく、やわらかいものには目がなかったのである」とこの一文はしめくくられているが、かつての時代の家長としての志賀の面目躍如たるワンシーンといってよかろう。

フグも大好きで、吉浜の沖合で福田はフグを五十尾も釣った。井伏鱒二も瀧井孝作も一緒であった。しかし「井伏さんは、気味がわるいから」と言って持ち帰らない。「瀧井さんは、フグを食べたことがない」ので、そのフグは大洞台に持ちこまれ、福田が料理した話も書きこまれている。

猪を食べた話も痛快である。志賀は安井曽太郎を呼べという。安井は「イノシシって大丈夫かい。心臓には影響ないのかい。あたたまり過ぎて血圧があがるんじゃあないかい」と心配げに語る。松竹の小津安二郎監督もコンビの脚本家・野田高梧（こうご）も加わる。「ぐつぐつと煮えたつイノシシの肉と野菜そして浮いては沈む生シイタケ。味噌の香りと酒の味」と蘭童は書く。二貫匁の肉はきれいに食べてしまう。安井曽太郎が「ほんとにイノシシははじめてだ。実にうまいものだ」と感心すると、志賀は「歯がわるいので、イノシシを敬遠しがちだったが、シシ肉と大根はよく合うね」と応ずる。

翌日安井から「昨夜のイノシシはたいへん結構だったが、むやみにヨダレがでるし、下からガスが……」と電話があったが、「大根おろしを召しあがるとスーッとします」と答える。このような雰囲気が熱海の大洞台の志賀家の周辺につねに漂っていた。志賀が好んで使った料亭はやはり熱海の「重箱」であろう。ここは久保田万太郎も佐佐木信綱も佐佐木茂索も谷崎潤一郎もそれぞれに集まり用いた。福田はそれらの人びとを偲びつつ、残ったのは志賀康子夫人と谷崎夫人と自分のみ、と淋しげに書いているが、今日になってみると、まさに谷崎松子夫人のみ健在、という状態になっている。

「腹の黄色い自然ウナギであろうと、腹の白い養殖ものであろうと、白焼きであろうと蒲焼きであろうと、あのウナギを口にするたびに故人の面影が、わたしの瞼のうらに浮んで、なかなか消えようとしない」という文で結んでいるが、「重箱」が彼らのサロンであったようである。

志賀直哉は特別に大仰なかたちでの集会をすることを好まなかった。志賀直哉に師事しつづけた網野菊の随筆『冬の花』に、古稀の祝いを兼ねての小旅行が企てられたことが出てくる。行先は吉奈の「東府屋」であった。それ以来ときどき「東府会」なるものが催され、一同そろって出かけた。メンバーは志賀夫妻と末の娘の貴美子さん、広津和郎夫妻と娘の桃子さん、門川町居住の創芸社社長の米山夫妻、稲村の田村夫人（米山夫人、田村夫人ら、ともに志賀のいう「バールフレンド」にあたる）、福田蘭童、それに八王子から出てくる瀧井孝作、網野菊を入れて総勢十人余。幹事役は福田で、こういう気心の知れた小さな集まり、それには麻雀がつきものだが、その麻雀がはじまる前に、長火鉢の前に坐って福田が生椎茸を焼き、一同それをおいしく食べる。当時の「東府屋」は一泊一人千円で引き受けてくれたという。阿川弘之夫妻もやがて参加する。その「東府会」の写真が残っている。阿川弘之などはまだ若々しく、また福田の妻の川崎弘子（かつての松竹の看板スター）なども写っている。志賀直哉の生活アルバムの欠かせぬ一頁といってよかろう。

麻雀の際の夜食の話も福田は書いている。彼はあらかじめ釣って冷蔵庫に納めておいた「イサキを刺身につくり、炒りゴマとミリンをショウユにまぜ、イサキを二十分ほどそれに漬けたあと、あたたかいご飯の上にのせ、ワサビを中央にのせ、その上に切り海苔をかけた、いわゆるイサキ丼」を出す。こういう料理は「重箱」や「桃李境」のものとは異なるが、志賀や広津らはそれを大いに喜んだ。

「山鳩」に書かれたように福田は鉄砲うちの名人でもあった。と同時にそれをたちまち料理する名人であった。こういう人が周りにいたことが志賀や広津和郎をどれだけ喜ばしたことか。あるとき別の人が撃ったキジが志賀家に運ばれて来た。料理を福田に頼む。ところへ、梅原龍三郎がやって来て、キジを一目見るなり、

「こりゃ素敵な色彩だ」

といい、そのキジをぶらさげて帰り、しばらくするとキジの画が画廊にぶらさがっていた。「一羽、五百円ぐらいのキジが、なんと数十万円に化けていた」というのである。「食」と「芸術」の一致がここにも見られる。

志賀と広津との交わりは、広津の「松川裁判」の際、信頼と友情という一対一の人間として直線的にさらに強く強く結ばれていく。それは「麻雀」とか「食」という日常の次元を越え、それのみにとどまらず、さらに高い次元での、文学者同士の持ち得る、のちのちまで語り草になるような支持を、広津に対して志賀は断乎(だんこ)として行なう。「松川裁判」における広津のねばり強いペンの闘いは、広津和郎という文学者の内発的な行為であるとともに、熱海時代の志賀との、隔意のない交わりによる支持が大きな力となっている。「食通」という地点でふみとどまっていなかった証拠でもある。

「食」は人と人とをつなぐ日常の楽しさをおのずと伴うが、その地点のみで終らず、人間としての信頼と友情に高められてこそ「食」の偉力は真に発揮される。交わることと食べること、それが徐々に当該人物の芸術の味にまで昇華していく。それはつまるところ人間の味といってもいい。

（『食の文学館』一九八八年七月十五日、四号）

■石川啄木（一八八六―一九一二）

札幌は秋の風情――啄木とトウキビ

木原直彦

啄木にとって、札幌はすべて秋の風情（ふぜい）である。

「改札口から広場に出ると、私は一寸（ちょっと）立停って見たい様に思った。道幅の莫迦（ばか）に広い停車場通りの、両側のアカシヤの街樾（なみき）は、蕭条（しょうじょう）たる秋の雨に遠く〳〵煙っている」

（小説「札幌」の一節）

いまだ人口六万六千、函館や小樽よりも少なかった北国の小都市札幌に降りたった啄木は、客気（かっき）に満ちた二十一歳の若者であった。明治四十年九月十四日のことである。

北海道大学の有名な恵迪（けいてき）寮歌「都ぞ弥生」は啄木が来札した五年後の歌だが、札幌はまさに「豊かに稔（みの）れる石狩の野／雁遥々（かりがねはるばる）沈みてゆけば／羊群声なく牧舎に帰り……」の世界だったのである。

啄木が友人の世話で校正記者として勤めたのは停車場に近い北門新報社（東急デパート北口の位置）であり、下宿先は停車場のほぼ裏手にあたる北七条西四丁目であった。歩いて十分ほどの距離である。

その後、友人と「夕刻より酒を初め豚汁をつつ」き、翌日の午後は市中を歩き廻る。「札幌は大なる田舎なり、木立の都なり、秋風の郷なり、しめやかなる恋の多くありそうなる都なり」。そして「詩人の住むべき地なり」と、啄木は最大限に、しかも詩人らしく詩的に札幌っ子の心をくすぐった。

六頁建て六千部の新聞であったが、啄木はさっそく「北門歌壇」を起したりするうち、九月二十三日、年上の詩人を紹介される。すでに民謡詩集『枯草』を持つ二十五歳の野口雨情であった。坪内逍遥の推薦で北鳴新報社（時計台の隣）に、その年の春に赴任してきていたのである。

啄木は札幌に来て間もなく「函館なる橘智恵子女史外弥生（小学校）の女教員宛にて手紙かけり」。そう、啄木があこがれた智恵子女史は札幌の橘果樹園の娘さんであった。

石狩の都の外の　君が家
　林檎の花の散りてやあらむ

歌集『一握の砂』の「忘れがたき人々(2)」に収められている彼女を詠んだ二十二首中の一首だが、「散りてやあらむ」という詩的センスは抜群だ。当時、彼女の生家は「都の外の君が家」だったのである。橘家の子孫はその地（東区北11東12）に現存し、昭和六十一年九月には「林檎の碑」を建てたが、そこには由来とともにこの歌も紹介されている。

それより前、豊平区平岸の天神山に「平岸林檎園記念碑」が建ったのは昭和四十一年秋十月であった。この地は、開拓使のお雇外国人の指導のもとにはじまった林檎の一大産地だったのである。啄木の歌にあやかっての記念歌碑だが、いまそのあたりに林檎園のおもかげはない。

おそらく啄木は、異風土の札幌という街なかで、まだ珍しかったこのハイカラな果実を賞味したはずである。甘かったか、酸っぱかったか。

食べものでは、もう一つ欠かせない。左様、札幌の秋の風物詩である郷愁と野趣に満ちたトウキビを、啄木はどんなおもいでかじったであろうか。

しんとして幅広き街の　秋の夜の
　玉蜀黍の焼くるにほひよ

札幌っ子にはトウモロコシならぬトウキビの名が親しいのだが、これほど啄木が呼吸した札幌の秋の情感が伝わってくる歌はほかに見当らない。

「札幌に似合えるものは、幾層の高楼に非ずして幅広い平屋造りの大建物なり」と啄木は札幌の本質を看破したが、たしかにゴバンの目に造られた〝幅広き街〟であり、そのころは数丁も行くともう牧歌的な風景だったのである。

札幌の街でトウキビを焼いて売り出したのは明治二十五年ころというが、啄木の時代になるとアカシヤ並木の停車場通り――大通公園を横切り繁華街の狸小路にかけて屋台が立ち並んでいたはずである。それがやがて大通公園の東西にひろがってゆく。

時計台は札幌のシンボルだが、札幌の顔である大通公園が逍遥地としての形態を整えるのは啄木がやってきた直後の、明治末期からである。それ以後、大通公園の名物はトウキビを焼く屋台情緒であった。木炭やアセチレンガスの臭いはなくなり、屋台もカラフルなトウキビボックスに変ったけれど、しかし〝焼くるにほひ〟は消えることはない。

「しんとして……」の歌碑と啄木像が一対となり、大通公園三丁目で除幕したのは啄木七十回忌に当る昭和五十六年の九月十四日であった。啄木が札幌に足跡（そくせき）を印した日である。

トウキビは味の変った野菜の代表的なものといわれるが、札幌はトウキビがよく似合う街だ。ゆえに、この啄木歌碑はもっとも居心地がいいにちがいない。

だが啄木よ、あなたが食べたトウキビは硬粒種（フリントコーン）だったものね。いまはスイートコーンに属する甘味の強いトウキビなんですよ。世の中、変ったんです。

小説「札幌」の主人公は、「好い！　何時（いつ）までも住んでいたい――」とつぶやいたが、しかし尻軽の啄木は友人のすすめで雨情と手に手をとるようにし、わずか二週間で札幌をあとにした。妻子の待つ小樽へ。

アカシヤの街樾（なみき）にポプラに　秋の風
吹くがかなしと日記（にき）に残れり

（『食の文学館』一九八八年十一月二十五日、五号）

■谷崎潤一郎（一八八六―一九六五）

谷崎潤一郎の思い出

谷崎松子

主人は食事時間はとても正確でしたからいつも五分と遅れないように、タイミングには家中の者が特に気をつかったものです。

朝は「ケテル」のパン（当時は「ケテル」のパンが美味でした）と健康のため野菜ジュースに野菜サラダをいろいろ取り合せを変えて作りました。特にサラミサラダを好み、他に玉子もプレインオムレツ、チーズオムレツ等にして戴きました。

朝食がすみますと魚屋さんに必ず電話をかけ、今日の鮮度の良いものを聞き、自分で楽しみながらその日の献立を決めるのが日課でございました。

お昼、お三時、夕食とも主なその日の御馳走らしいものは自分で命じますので、あとはうつりよく野菜の類を考えればよいので、毎日の献立にあまり頭を悩ますことはございませんでした。

そのかわり主人の注文通りのものを出さなかったり、料理の味の付け方が口に合わないと、期待しているだけに失望して機嫌をそこねますので、やはり細く心配りしたものを食卓にのせるようにしておりました。心が届かぬと料理程味にあらわれるものはございません。

主人の頭の中では朝から一日のメニューが出来ておりますから、急なおさそいなどでその予定が狂いました日は、とても不機嫌でございました。

私など楽しいおさそいを戴きますと、喜んで伺う時でも、主人の方はその日の幻のメニューが頭にチラつくらしく、しじゅうむっつりしておりました。そんな様子に私がハラハラさせられることも何度かございました。折角のお心尽しなのにと申しますと、「僕はこれこれが食べたかったんだよ」と子供のようなことを言いました。

親しい方や家族との食事の時は、言葉の遊びと申しましょうか、シャレのようなことを言ってはみなを笑わせておりました。

たとえば映画の「大いなる遺産」を「おいなりさん」とか、ジャン・ギャバンのことをはさみのガチャンと落ちたような名前の人、とか申しまして、冗談が次から次へと口をついて飛び出してまいります。

　私はそんな遊びめいた言葉が愉快で、（当時から）時々にノートに書きとめ、今も保存してございます。

　特に、親しかった古川ロッパさんとのお食事は、二人とも声帯模写入りの大熱演となり、周囲は笑いころげて、今思い返してみましてもちょっと味わえぬ珍しい雰囲気でございました。

　古川さんもそれは名だたる健啖家でいらっしゃいましたが、ある時いつものにぎやかな食事も終りに近づき、満腹で動くのさえ大儀だというていではしを置かれました。主人も続いてはしを置いたとたん、大声で「明日はあれとあれを食べたいから取って置いてほしい」と申しました。

　これにはさすがの古川さんも驚かれて、先生にはかぶとをぬぎます、とおっしゃったのを覚えております。是は最近分ったのですが、互に同様の事を言っております。どちらも本当だったに違いないと思います。

　主人は何事によらず徹底するところがありましたが、本牧に住んでいた頃は欧米風の生活様式にこっておりました。

家もすべてに洋式をとり入れ、部屋という部屋は全部、靴のまま上るようにしました。

神戸なんかで、「あまさん」と言っておりました外人専門の家政婦さんを頼んで、外人風の食事も朝・昼・晩、三食洋食という徹底ぶりでございました。その人たちは、外人風の訓練を受け、食事の時間がやかましく、時間厳守はその頃の名残りであったかも知れません。

中華料理に熱中しておりました頃には、よく神戸や大阪まで足をのばしたものです。大阪では川口という中華街によくまいりましたが、中華料理は外観と味は反比例の傾向にあるといって、小さな店をひいきにしておりました。

晩年は血圧の関係もございまして、あまり手を加えない、素朴そのものの味を生かした和食の方を好むようになりました。

それも東京風の濃い味付けは好まず、関西風の薄味を好みましたので、我家ではもっぱら京風にしておりました。

手をかけずとも新鮮なもの、まごころのこもったものが一番だといい、お豆腐ひとつでもおいしいと感じるものを食べたいと言っておりました。

嵯峨豆腐は主人の大好物でした。浪花千栄子さんが嵯峨にお住みなのを幸いにお仕事で東京にいらっしゃるたびに持って来て下さることになり、よく熱海駅のホームの停車時間に私も頂戴にまいりました。

昼食は必ず麺類と決めるほどおソバも好物で、京都におりました頃は、近江のひきの店までよく通ったものでございます。

熱海にまいりましてからは箱根の「はつ花」、東京では「砂場」でございました。ウドンは秋田から「イナニワウドン」を取りよせておりました。

おつけものは灘の「甲南漬」の西瓜が好物で、サケは札幌の「五番館」のものを知人から毎年頂けましたのを大変楽しみにしておりました。

納豆もしじゅう切らさず水戸から取り寄せて、卵に刻み葱と芥子を入れてみたり、マグロや鯛とあえてみたり、幾種類もにして食べておりました。

主人は時折創作料理を考えては、お台所に言いつけたものですが、私から見ましてはたしてそんなとり合わせはあうのかしら？　と思うようなものをよく考え出します。

それが言いつけ通り作ってみますと、どれも不思議においしいのです。

度々こしらえましたものに、冷しソーメンにハム、錦糸卵、刻み葱、時には鳥ソボロを入れた、和風冷し中華がございました。

マグロの大トロをバター焼きにして、ステーキ風にしたもの。アサリやシジミをサラダ油で炒めて、ただ熱湯をそそぎ、お醬油だけで味付をし刻み葱を入れたもの。これは熱湯を注ぎ入れました時シャーッと音がするので、我家では「シャー」と命名しておりました。酒かすを網で焼き、その中に黒砂糖を入れ、おまんじゅうのように丸めて焼いたものなど、さまざま工夫してはひとり北叟笑んでおりました。

お三時もかかさず、特に金沢「森八」のおまんじゅうは、肉や魚のうまみに通じる深みのある味だとほめておりました。

東京に出かけますといつも回るコースが定まっております。「千疋屋」で果物を買い、「開新堂」のケーキ、「ケテル」ではパンとソーセージ類、お三時用の「空也草紙」も欠かせません。お買い物をすませ空腹になるとさっそく夕食になりますが、空腹になることも人一倍速かったようでした。

洋風の時は「小川軒」にまいります。「小川軒」のステーキのファンであった主人は、わざわざお店と同じ厚さのフライパンをそろえ、御主人に頼んで譲って戴き、お肉までここの近江牛を分けてもらい、台所で同じように焼かせておりました。

和食の時は銀座の「浜作」か「辻留」で、家で会合などがあり、お客様が大勢みえられる日には、「辻留」さんに来て戴くのがならいでございました。

戦時中、津山に疎開しておりました頃が、私達の生涯において一番みじめなくらしといえるようです。

津山に縁故があって市外の藩邸「宕々庵」に住むことになりましたが、その留守居の方が全然ヤミをしないので、何ひとつ食べ物が手に入りません。それこそおつけものひとつないくらしでございました。

卵一コなりも手に入らないので、私は着物を持っては知らない農家に飛びこみ、いくらかの食べ物と交換してもらう、そんな日々が続きました。

ある日大切な知人が遠方から訪ねていらっしゃいましたが、あいにくと昼食に差し上げるものがなにもないのです。

そこで今夜の夕食のための、とっておきの卵をお出ししましたが、主人はあとからひどく怒り、「なぜ出した」といってこわい顔をするのです。

あのように怒った主人をみたのは初めてでございました。それほどに食べ物がない時代だったのです。

このまま津山にいては口がひあがってしまうというので、早々に勝山へ逃げだすことになりました。

勝山ではけっこういろいろなものが手に入りましたので、主人も満足だったとみえ、買い物カゴを下げては、ブラブラと町を歩きまわっておりました。

やがてその姿は、勝山の町の名物になっていたようでございました。

（『食食食あさめしひるめしばんめし』一九七九年十月十日、第二十号）

祖父潤一郎の熱海

渡辺たをり

去年の秋、久し振りに週末を湯河原の祖母の家で過ごすチャンスがありました。祖母の家を拠点にして、あちこちに遊びに行き、祖父が亡くなって以来、初めて熱海の街をゆっくり歩いたりもしました。熱海に新しく出来たフランス料理店で夕食を食べて、湯河原に戻ろうと海沿いの道を車で走っていたら、「桃李境」の前を通り過ぎました。「桃李境」は熱海市のはずれ、伊豆山鳴沢（いずさんなるさわ）にある旅館です。懐かしさのあまり、思わず「桃李境だ！」と声に出してしまいました。

祖父の谷崎潤一郎が、京都の蒸し暑い夏と底冷えのする寒さに音をあげて、伊豆山鳴沢に転居したのは、昭和二十九年、私が一歳の春のことです。以来、祖父が他界するまで、夏と冬には私たちが熱海へ、春と秋には祖父達が京都へという行き来が続いていました。祖父が永く住んでいた「後の雪後庵」(「湘碧山房」とも称した)へ行くときは、熱海の駅からタクシーで海沿いの道を走り、山側に少し入った所でタクシーを降ります。このあと石段を数十段登れば、海とみかん畑を見晴らす祖父の家に到着します。海沿いの道から、山側に入る所は、少しいびつなY字路になっていて、そのYの三角の部分に「桃李境」がありました。熱海のタクシーの運転手さんは、みんな谷崎の家を知ってはいましたが、わからない時はいつも「桃李境」が目印になりました。タクシーの窓から「桃李境」の看板が目につき始めると、それは楽しくて永いお休みの始まりの合図でもあったのです。

祖父の思い出は、そのほとんどが食べ物にまつわる事で、熱海の思い出も食べ物の事を一番たくさん覚えています。祖父は、それはそれは食べる事に情熱を持っていて、「グルメ」などと言うのではなく、「食べること」そのものが好きな人でした。夕食にステーキを食べる、となると朝から楽しみにしてお腹の具合を調節しようとするようなところがありました。今晩は何を食べるか、お刺身は何にするか、毎日祖父が自分で決めていましたし、そうして決めた食事時間には、家族全員が着替えをして、女の人ならお化粧も直して、集まっていなければなりませんでした。そういう人でしたか

ら、運悪く食事時に訪ねていらした方を、
「食事中ですからお引き取りくださいっ」と玄関先で怒鳴って追い返した、とか、テーブルの上にこぼしてしまったお吸い物を、テーブルに口をつけてすすった、とかの伝説には事欠きません。

熱海で祖父と食べたものの中で、一番に挙げなければいけないのは、やはり「ひさご」のにぎり寿司でしょう。熱海銀座の山側の端にあったこのお寿司屋さんは、私のお寿司体験の原点ともいうべき店で、私が熱海にいる間に必ず一度は、「今日は、ひさごで食べましょう」ということになって、皆で繰り出すのが常でした。今でこそお寿司のタネは何でも好きですが、子供の頃はそんなに食べられるものがなくて、そのくせ分量は大人並に食べていましたから、大人達の側で、ひたすらトロを食べつづけたものです。祖父は、まじめくさってトロばかり食べる幼児が面白かったと見えて、ニコニコして見ていました。お腹いっぱい食べた後、熱海銀座を海の方にむかって歩きながら、玩具や洋服を買って貰うのも楽しみのひとつでした。

お昼のメニューでは、「重箱」さんの鰻をよく食べました。このお店は、今は東京の赤坂にあると思いますが、当時は熱海に移って来ていて、お昼にちょっとボリュームのあるものが食べたい時などは、「重箱」さんに頼もう、と言うことになるのでした。

そのほか、京都に来る時はいつもお土産に持って来てくれた「三木」さんのクッキーや、我が家では「猫の舌」の方が通りが良かったラングドシャ。陽のあたる縁側で猫と遊びながら食べたアイスクリーム。食べ出すと止まらなくなってしまう「モンブラン」のチーズトースト（ピクルス、ベーコン、フライドオニオンのみじん切りをチーズに混ぜこんで練ったのをトーストに塗ってコンガリ焼いた、とても手のこんだ物です）などなど忘れられない味がたくさんあります。

去年の秋、ほぼ二十年振りの熱海の街は昔ながらの温泉観光地の姿と、新しいリゾート地として発展しつつある姿と二つの顔を持っていて、懐かしかったり、変わりように驚いたりしました。祖父が好きだった洋食屋さんの「スコット」は、今も健在で最近のレトロブームに乗って、またファンを増やしているということでしたが、「ひさご」は残念ながら見付けられませんでした。もっとも、私の記憶違いのせいかも知れませんが。

祖父が死んでから、二十年以上がたっています。今の熱海を、祖父は何と言うでしょうか？　昔のように「おじいちゃん」と孫とで熱海の街をブラブラ歩いてみたい気がします。

（『食の文学館』一九八八年七月十五日、四号）

■室生犀星（一八八九―一九六二）

犀星の酒

室生朝子

「私はお酒類は大好きである。

だが十年ほど前に大病をして以来、全く口にしなくなった。好きだといっても家人にかくれてこっそり飲みたいとか、毎晩飲みたくなるというほど、私と縁の深いものではない。飲む機会を断る方が神経をよけい使う。やめてから半年ほどたった時、私は一個のウイスキーチョコレートを食べたら、すぐに顔が赤くなった。チョコレートで酔った、と笑われたのである。私自身は飲まなくとも、親しい仲間が集って飲む席は好きである。私は好きなこいお茶をのみながら、酒の肴をつまみ、雰囲気にひたり充分楽しいのである。」

父犀星は特に日本酒を愛した人である。若い頃から昭和十六年に最初の胃潰瘍の徴候が現われるまで、晩酌を欠かしたことがなかった。ふるさと金沢の地酒を毎月取りよせていた時期もあった。晩酌に二合のみ、夕食後ふらりと町に出ていく。大森駅のそばの「ちぐさ」というおでん屋によく行った。晩酌二合のあとにまた飲む、ということは相当な酒豪である。だが、私は子供の頃を思い返してみても、犀星が酔って母を困らせたこと、玄関で大声をだして目が覚めた、このようなことは一度もなかった。どこからみても犀星のお酒は、実によいお酒のみであった。だからこそ母が犀星に、飲むのをひかえてほしい、などと一度も言わないですんだのであった。

ある日の夕方、母は私と弟に外出の支度をしなさい、と言った。犀星は会に出て夕食は留守の日であった。たまに買物に出た母と一緒に外でお昼を食べることはあっても、夕食を外でするなどということは、珍らしいことであった。現在のように家族揃って食事に行くなどという風習は、特種な階級の人達を除いてはないことであった。私も弟も喜んだ。なにを母がご馳走してくれるのか、楽しみであった。大森駅までバスで出て、私は母に「切符はどこまで買うの」といったが、母は「電車には乗らないのよ」と言った。私は失望した。母は私達をうながして、駅前から坂を下りしばらく歩いて、右側ののれんのかかっている小さい店にはいった。レストランでオムレツでも食べるのだろうと思っていた私と弟は、顔を見合せてがっかりした。そこは犀星がよく行くおでん屋の「ちぐさ」であった。背の高い美人のおかみさんが出て来て、挨拶した。時間が早いから客は居なかった。だが、おかみさんが大きな四角い木の蓋をとると、湯気が真すぐにあがり、いろいろのものが静かに煮えていた。私達は玉子やキャベツ巻、袋、はんぺん、大根など、味のよい茶めしと一緒に、お腹が一杯になるまで食べた。母の作るおでんの味とは異なるうす味だが、美味しかったのである。お茶をのみながら、母とおかみさんは一生懸命に話をしていた。

「あなた達はもうご馳走さまね、このおかみさんがいいものを見せてあげますって」

といった時、

「まっていて下さいね」

といい、おかみさんは二階に上っていった。

なにかしら、と私達は母に聞いたが、母は笑って返事をしない。店の奥からすぐ階段になっているらしい。おかみさんの足音と一緒に、チカチカという音がまじって聞えて来た。間もなく短いのれんが動いて、おかみさんの笑顔が出ると同時に、大きい犬の首がのぞいた。

「わあ、犬だあ」

と、私達は高い椅子からとび下りた。

私達が今まで見たことのないほど大きい犬の、グレーハウンドであった。三ケ月ほど前にブルドッグの「てっちゃん」が、病気で死んだばかりの時であったから、犬を見るのは私達は嬉しいのだが、実際はこわかったのである。真白い体全体に黒い大きい斑点が、沢山あった。おかみさんはおとなしいからなでてごらんなさい、と言った。短い毛がびっしりと生えていて、なでた感触は、ブルドッグの柔らかい手ざわりとは、大分違っていた。

私達はその夜充分に満足していた。犀星はいきつけの店に母や私達を行かせるほど、夜の飲むという時間に、かくしだてのない人であった。


（『あじくりげ』一九八一年十二月一日、三百七号）

■久保田万太郎（一八八九―一九六三）

久保田さんの話

狩野近雄

あなたのハイセン嫌い、ちょっと拝借しました。

久保田万太郎さんがこういった。ハイセンは杯洗で、献酬（けんしゅう）などというものが、どだいいけないのに、その上、杯洗で、チョッチョッともっともらしい手つきで、杯をすすいで、御返杯、とくる、あのいやさ。そのうえ不潔さ。杯をすすぐにしても、最初の一ぱいは、それでも水がま新しいから、いいとして、二杯目からは、手アカとツバキのたまりになって、それですすいで、作法にかなったとされてはたまらない。こいつがいやで、ハイセン撲滅論を本誌〔『あまカラ』〕に書いたことがあるが、天下未だその弊を改めず、だ。久保田さん、そのことをいったのである。

まだ見ていないので、どういう芝居で、どういう役だかしらないが、新派のために先生が脚色した荷風散人作「夢の女」。大矢市次郎の役で、ハイセン、そりゃあやめにしてくださいヨ、とかなんとかいわせているらしいのである。

その久保田さん、語をついでいわく。

ところで、あなた、『小満津』で、三長(さんなが)を二人前召し上ったそうですね。

『小満津』は、小島政二郎極め付のうなぎ屋。京橋裏の小店だが、黒い焼けこげ一つなくコハク色に焼き上げたところを見ただけで、絶品と思わせ、食ってみて、陶然とする、といってもちっとも大ゲサでない。おやじさん自分一代ときめているから、もうこれからは現われまいと思われるうなぎ屋である。小島さんに寺田栄一と二人つれて行かれたとき、たしかに、大串の下を二皿たべた。一皿に三尾ずつある。もう一皿ぐらいたべたいところだったのだ。

ええ、たべましたよ。

おどろいてましたよ、お松っつぁん(老女中)が。

へえ、二人前たべるやついないんですかね。あんなうまいの。

寺田栄一がそばから、

名古屋ではあの一尾を三つに切って一人前とするから、一皿で三人前、あんたはつまり名古屋流にいえば、六人前食ったことになるんですがね。

お松っつぁんがいってましたよ……久保田さんニヤリとして……やっぱり、柔道の方は召し上りますねえって。

大笑いである。小島さんが、こちらはカノー先生と紹介してくれたので、そこで、お松っつぁんの記憶術は、嘉納講道館という引き出しに、この大男の客を入れておいたのであろう。

も一つ、あなたに話がある……久保田さん更に御機嫌である……名古屋の「大甚」とか「大河童」とか、お惣菜の飲み屋のことを書いてますネ、あなた、東京にもありますヨ、しらないでしョ、「まるたか」、です。通済老人もよく行きます。高橋貞二ってえんで、おやじが。全く同じ名で、死んじゃってからも、テイちゃん、とかなんとか、夜中に、女のファンに電話でおこされて、ちがうとわかって、いけすかないわネと、あべこべにおこられて、ここ、いいですよ。

「まるたか」は日本橋である。銀座の方から行って橋をわたってすぐ右へ広い通りを二つ目、左へまがって「本町湯」という風呂屋のうら手、わかりにくいが、酒好きなら、鼻をきかせてすぐわかるだろう。

店へ入るとすぐ目につくのが、志ん生を山城少掾に引き伸して猿之助の俗臭を抜いた白いカッポー着の大坊主の主人である。そして、そのうしろにスミ切り銀杏の紋を大きく朱に染めぬいた濃紺のノレン。テーブルが三つくらい。つき当りに、何も書いてないような短冊が額に入っている。何も書いてないのに額に入れるはずはない。つまり短冊の白きを見れば、いわずとしれた万太郎宗匠の句であろう。

お惣菜屋とはいえ、ここはちょっとちがう。すべて小綺麗である。大甚流に煮たきした品物がならんでいるわけではない。やはり一々注文して一々つくってくれるのである。うにエビとかコノワタといった上等のものもつき出しに出るし、おからの煮たのも出る。うれしいのは、お酒、といって、主人の手つきを見ていると、ぐいのみに、熱い湯をそそいで、おかんの出来るまで、そのままにしてあっためてから、客の前に出すのである。この心づかいをする飲み屋、その例きわめて稀というべし、ではないか。文春祭の名優諸賢の配役など、夫婦で話題にしているところを見ると、諸先生、ここを愛用の度を知ることが出来よう。

豆腐料理のメニューが主人の頭の上にかけてある。豆腐が食いたいが、根岸御行の松までは遠い、と思えば、この家をえらぶべし。これだけそろえてくれる店はないだろう。冷やっこ、玉子豆腐、湯どうふ、あんかけ、煮やっこ、でんがく、揚出し、はちはい豆腐……一緒に行った目のいいのが、順々に読んでくれた。もう一つ、何という字かな、読めませんナ、あ、酢どうふ。バカいえそれじゃぁ落語だ。いやちがいました炒どうふ。

つまらんオチみたいで恐縮だが、まことに実話で、その男、落語などてんから縁のない堅い商売の課長さんであるから、余計おなかがよじれた。

念のため値段を書いておく。二人でお酒五本、おから、里芋の煮たの、半ぺんの焼いたの、煮やっこ、別につき出し、このあと京橋「与志乃」ですしを食うので、これでがまんしたが、〆て八百円也。

こうしたうまくて安い、親切な飲み屋は、きっとまだまだあるにちがいない。この前も銀座の「丸治」を書いたくせに、書きおとしてしまったが、大阪淡路町の「丸治」。これはお惣菜飲み屋というよりもちょっと上等の方だが、このごろ大阪へ行って、大阪らしい食いものが、だんだん影が薄くなって行くように思えてならないのに、この家ばかりは、その店のたたずまいから、古い大阪の香がこめてあって、それに生一本の菊正宗が、ことにおいしく、食いものも、皿に小鉢に、たっぷりあって、大いに愛用しているが、新聞社の若い同僚などにはあんまり知られていない。この店については別に書きたいことがたくさんある。

（『あまカラ』一九六〇年十二月五日、百十二号）

白梅や万太郎また章太郎

八木隆一郎

一月六日は花柳章太郎忌である。そして、五月六日は久保田万太郎忌である。月は異なっても日は同じだ。

花柳さんのお通夜の晩に、誰かが、久保田先生が迎えにいらしたんだねと言った。ああそうかといった感じで、みんな思わず顔を見合わせた。いまどきこんな古めかしい言葉が持ち出されるのも、そこに集っていたみんなが芝居の人間だったからである。芝居の社会は新しくなったようで、いまだに古風なところがある。

一昨年は久保田先生、今年は新年早々に花柳さんと、新派を支えていた大きな星が二つ落ちた。しかも水谷八重子さんまでがこの三月は病気休場である。このところ新派は御難つづきだが、前途を危ぶんでばかりはいられない。花柳さんを失ったことで新派はいくらか変貌してゆくことだろうが、滅びはしないだろう。これからが作者たちの奮起する時だと、私なども自分に言い聞かせている。

花柳さんと食物のことでも書いてみようと思って、手もとにある花柳さんの随筆集を残らず机の上に並べてみた。あの急がしい人がよくもこんなに書いたと驚くほどの冊数である。

大正七年の『水中花』に始まって、『紅皿かけ皿』『菜種河豚』『きもの』『技道遍路』『あさぎ幕』までが戦前戦中の出版で、終戦後は『雪下駄』『女難花火』『きもの簪』などのほかに『花柳章太郎句抄』もある。

気がつくと、食物に関した随筆はほとんどない。芸談と旅行記と、着物かんざし笄などの蒐集談で埋めつくされている感がある。

そう云えば私なども三十年近くおつき合いしてきたが、花柳さんの口から食物の話を聞いた覚えがない。酒席もずいぶん一しょにしてきたが、特になにが好きだったというような印象が残っていない。よどみなく口をついて出てくるのは芸談芸談芸談であった。それが次から次へと流れ出てやまないのである。酒を飲んだことは覚えていても、なにを一しょに食べたか記憶にないのは、そのせいだろう。

最初の単行本『水中花』に「サンドウィッチ」と題する小品がある。

泉鏡花全集の出たお祝いの会が紅葉館で催された。花柳さんは、芥川、久保田両先生にはさまれて飲んだ。「久保田先生から来る盃を私に、私から芥川先生に、ところところの様な工合で、押しくらまんじゅで飲みあった。」

三人がサンドウィッチの飲み合いだとさわいでいると、吉井勇氏がサンドウィッチにしては中身が悪いとひやかしたので、久保田先生はヤサイサンドだと言った。皆が笑った。

「私はこのことが今でもはっきり思い出される。早くハムになりたい。実際中身がヒド過ぎる。勉強しなくてはいけない。きわどいところで皆さんから意見をされたような気がした。」

昭和三年に書いた小品である。ハムになりたいと書いた若い頃の花柳さんが目に見えるようである。――これも食物の話でない。やはり芸談である。書かれた人たちも書いた人も、もはやこの世に亡い。

久保田先生も食物の話はあまりなさらなかった。目の前にあるものをこれはおいしいからと奨めて下さったことはあったが、とり立ててどこのなにがうまいのどうのとかいうことはおっしゃらなかった。そればかりではない。芸談という言葉があてはまるかどうかわからないが、創作や脚色などの苦心や趣向などについても、お話を伺ったことは全くなかったと云っていい。書かれたものにはあれほど強い個性が現われていながら、座談ではほとんどおのれというものを語らなかったのは奇態なくらいである。東京人にはそういう一面があるのかどうか、私にはよくわからない。

久保田先生については語るべきことがあまりに多い。いまこれを書いているのは三月四日だが、明後日の六日には、花柳邸において「久保田万太郎茶の間の会」がひらかれることになっている。「茶の間の会」は久保田先生を中心にした演劇批評家劇作家芸能人などの集りだが、年に何回かはなはだ賑やかに、飲みうたいさわぐ会であり、いまでも故先生を偲んで続いている。鎌倉、湯島、赤坂と場所こそ変れ、文字通りの「茶の間」の会で、飲むほどに酔うほどに小唄などの出るのはいいとして、口論の末とっ組み合いになることもあった。私なども、はじめは処女のごとく終りは脱兎のごとしと先生からからかわれたことがある。

私が「茶の間」の一人に加えていただいたのは戦時中である。三田で戦災にあわれた先生が、中野の大江良太郎家に仮寓なさっている時であった。

私は昭和の初頭、築地小劇場に立てこもって、左翼的なストライキ芝居に熱をあげた。その後大劇場の芝居や映画の仕事もするようになったが、昭和十二、三年頃は京都を放浪していた。先生の戯曲「雨空」にはじめて巡り合ったのはその時である。自分はこれまで一体なにをしてきたのだろうと、「雨空」を読みながら私は泣いた。その感動が私を立ち直らせてくれたといっていい。この話を大江家で先生にすると、先生はなにもおっしゃらずに、飲みほした空の盃を私の前へつき出された。私はそれをいただいた。まさに盃を貰ったのである。この夜から私は「茶の間の会」の一人となった。灯火管制中のうす暗い夜であった。

花柳さんももちろん「茶の間の会」の一人であった。身体をこわして酒の飲めない時でも、「茶の間」だけはと、かならず出席なさった。花柳さんが入って来るなり、「茶の間」はパッと華やかになったものである。

六日の、花柳邸での「茶の間の会」は、どういう「茶の間」になるかいまの私には想像もできない。あまりにもなまなましい思いが先に立って、湿っぽい集りになるかもしれない。いや、かえって底抜けに賑やかな集りになるかもしれない。私は、この小文の題にした句をお二人の霊前にささげるつもりでいる。久保田先生から、それでも句ですかと叱られるかもしれない。
「万太郎また」というところを薄墨で書き、「章太郎」は紅で書こう。「白梅や」はまだ考えていない。まさか胡粉(ごふん)で書くわけにもゆくまい。

（『あまカラ』一九六五年四月五日、百六十四号）

久保万先生と酒肴

福田蘭童

十月八日、魚釣りから帰って、テレビのスウィッチをひねると突然、久保田万太郎先生のお顔が大写しとなって現れた。タイトルに「文化勲章内定」とある。

早速、久保田先生の仕事場へ電話してみると、行きつけの日本橋の小料理屋へ行っていると女中さんがいう。

その料理屋は三越の近くにあって、そこの主人は役者の猿之助(えんのすけ)さんによく似ている。久保田先生のお伴をして行くとニコヤカに迎えてくれ、我々の好きなものを知っていて黙っていても出してくれる。

たぶん久保田先生は里芋か玉子焼きをオカズにして気焔(きえん)をあげていられるだろうと思って其処(そこ)へ電話すると、十分ほど前に銀座のバーへ行ったという。

　その時刻は夜の十一時ごろであった。

　バーというのは、こんど移転した「お染」であることが直ぐに読め、追っかけて行こうとしたが、あまりに晩(おそ)いので止めにした。

　翌日朝、自分で釣った甘鯛を三本ぶらさげて久保田先生を訪ねた。すでに新聞やラジオ、あるいはテレビ・ニュースで先生の授賞を知った家の子郎党たちが十畳の間せましと詰めかけていた。

「お目出とう」

　と私がいうと
「何いってやがんだい」

　と久保田先生は答える。相当ご機嫌である。そして私に盃を渡し
「ちょっと早すぎると思うんだがね、受章は……」

　と照れながら酒を注してくれた。

「いや、早すぎませんよ、まわるべきものが廻ったんですよ」

　というと私の隣に居た阿木翁助さんが、

「よもやオヤジが文化勲章を貰うとは思わなかった。競馬ならさしずめ中穴というと

ころだろうな」

と皮肉った。

「いや、本命ではなかったかも知れんが、対抗馬ぐらいだったと思うな。ところで文化勲章には位がつくんかな？」

と訊くと

「従四位だろうよ。そのうち正一位稲荷大明神に昇格するさ」

すると久保田先生は

「小泉信三さんが貰う番だったろうになあ」

と謙遜される。小泉先生は慶應義塾での先輩だからであろう。

「それでは今度の文化勲章は法務省からくれたのかも知れないな」

酔った勢で私がそういうと一同がワッハッハと笑いこけた。

久保田先生は法務省にも椅子があり肩書付の名刺を持っていて、時折私達に示して茶目気を見せているからである。私は肩書入りの同じ名刺を三枚貰っているほどである。

こんな風で、久保田傘下に集る人達はズケズケものをいうくせがある。食べ物だってくせがある。第一、久保田親分の食べものも変っている。酒好きだというのにコノワタ、スズコ、カズノコなどは食べずに玉子焼と里芋とクワイを好んで酒のオカズにするし、甘い〝切り山椒〟という菓子ででも飲まれるのだからビックリする。

魚はタイ、ヒラメのサシミが、鍋ものにしたのしか食べぬ。洋食はライスカレーにポタージュのスープとコキールがお好きである。

それはそれとして、その日のお膳の上には「弁松」から差入れられた弁当食があって、大皿の上に玉子焼、ゴボウ、カマボコなどが奇麗に盛られていた。

それをオカズにして私たちは祝盃をあげ、かつ気焔をあげていると、ツクダ煮の「鮒佐」の主人がお祝にやってきた。

そして弁当を見るなり、

「弁松の弁当にタコが入ってないのはオカしいよ。タコを煮たやつは美味いし、弁松の名物じゃないか。それを入れてこないなんて……」

とムキになって説明すると、飲み疲れや応対疲れで横になっておられた久保田先生はムックと起きあがり

「何いってやんだい。俺ァタコなんか大嫌いだよ。タコなんか……」

真紅な顔でそういった——。

（『あじくりげ』一九五七年十一月一日、十八号）

■芥川龍之介（一八九二―一九二七）

食いしん坊

小島政二郎

ラジオで有名な七尾伶子（ななおれいこ）、あれの父親は水木京太という劇評家で、三田の学生のころからの親友の一人だった。

これが甘辛（あまから）の両刀使いで、辛党の水上瀧太郎、久保田万太郎とも付き合えるし、甘党の私とも付き合えるというまことに調法な男だった。それだけに今思うと、両方ともその醍醐味（だいごみ）は分らなかったのではないかと思う。

この水木が、いい若い者がお汁粉を食べに行くでもあるまいという考えから、酒らしく、

「おい、一杯飲みに行こう」

と、私の顔を見れば誘ったものだ。その方が、根が雪国生まれの酒飲みの彼には、うれしく聞えたのだろう。

それが口癖になって、私がお汁粉を飲みに行くと言ったのが久保田万太郎の耳に留まって、

「お汁粉は飲むか食べるか」

という動議が持ち出された。あるいは『都新聞』あたりの随筆に書かれたのかも知れない。要するに、江戸ッ子の小島が、そんな間違ったことを言っては困るというお叱り(しか)を受けた。

すると、翌月の『文藝春秋』だったかに、芥川龍之介がもう一度それをなぞって、お汁粉は食べるというのが本当だという裏書をして、私は重ね重ね面目を失ったことがあった。

芥川さんはお汁粉が好きで、よく一緒に食べに行った。私が誘って喜ばれたのは、上野の「常磐(ときわ)」、柳橋の「大和(やまと)」、芥川さんに誘われて行ったのが、日本橋の「梅村」、浅草の「松村」。中でも、芥川さんは「常磐」が大のお気に入りで、

「あすこはお汁粉屋の会席(かいせき)だね」

そう言って、いろんな友だちを連れて行かれたらしい。

惜しいことに、大地震の時焼けて、それなり復活しなかった。上野公園の方から神田へ向かって行くと、松坂屋の方の側で、松坂屋とは横町を一つ隔てて、先隣と言ってもいいような位置にあった。電車通りではあったが、あすこは地形上道幅が広く、それに店構えがやや斜めにホンの少しばかり上野公園の方に向いていたせいか、座敷へ通ると、静かだった。

今のように乗り物が激しくなかった時代のせいもあったろう。太い竹を二つに割って、それを透き間なく並べて、黒い棕櫚縄の結び目を見せた塀が高く往来に面していた。その竹が、渋色に焼けていた。

四角な柱が二本、その向かって右の柱に「しるこ、ときわ」とまずい字で書いた看板が掛かっている以外、何一つ人の目を引くようなものも出ていず、いつもシーンと静まり返っていた。

今から思うと、よくあれで商いになったと思うくらい、お汁粉屋というよりもシモタヤ然としていた。意気な建物とか、洒落たたたずまいとか、そんなところは微塵もなく、ただ手堅い普請であり、小さな庭の作りだったが、それでいて品があった。

私はそのころから余り甘い味が好きでなく、ごく普通の御膳汁粉(ごぜんじるこ)専門だったが、芥川さんは白餡(あん)のドロッとした小倉(おぐら)汁粉が大好きで、御膳が十銭とすれば、小倉は二十五銭ぐらいした。従って赤いお椀も、平ッたく開(ひら)いて大きく、内容も御膳の二倍はあった。

今でもそうだが、私はなんでも食べるのが早い。一膳食べて、お代りをして、それを食べてしまっても、芥川さんはまだ小倉の一膳目をすすっている。前歯二本に、ホンの少しばかり透き間があり、その付け根にかすかな黒いシミのある歯をお餅に当てて静かに食べている。お椀の上にある目が、睫毛(まつげ)が長くって、黒いヒトミが深々とたたえていて美しかった。

「そう君のようにせっかちに食べたら、物の味が分らないだろう」

箸(はし)を休めて、芥川さんが私を哀れむように、からかうように言った。

「そんなことはありませんよ。私は早く食べないとうまくない」

そういう私を肴(さかな)に、芥川さんはゆうゆうとその甘ッたるい小倉をお代りするのがおきまりだった。

こう書くと、いかにも芥川さんは落ち着き払った人のように聞えるかも知れないが、そうではない。まだ横須賀の海軍機関学校の教官だったころ、よくネクタイを締めるのを忘れて駅へ駆けつけたりした。

南部修太郎と湯河原温泉の「中西」に泊まり合わせた時など、

「君くらい落ち着きのない、しじゅうソワソワと何かしている男もないね。折角温泉場へ静養に来ているのだから、少しはユッタリとしたらどうだ?」

と、南部にたしなめられたという話がある。それが、私と一緒の時だと、私がたしなめられる番になるのだった。

私は平安朝が好きで、よく芥川さんをつかまえては平安朝のよさを並べ立てたものだ。人の夢をぶちこわすことの好きな芥川さんは、

「そんなことを言うけれど、早い話が、君、あの時代にはお砂糖がなかったんだぜ」

「ええ。だけど、あのころに生まれれば、甘葛で結構甘いと感じたに違いありませんよ」

「いやだね、感じたとしても——。お砂糖の甘さを知った以上、甘葛に返るのはまっぴらだ。君本当に甘葛で我慢できると思うか」

「……」

「それに君、綿がなかったんだぜ」

「その代り、幾人でも恋人が持てて、毎晩新しい恋人と一緒に寝ていられれば、綿のない寒さぐらいしのげたでしょう」

「君は得恋の和歌や物語ばかり読んでいるから、そんな夢見たいなことを考えているんだ。あの時代にだって、失恋の事実はあったんだぜ。久米のようにいつでも失恋に泣いていなければならなかったとしたら、綿のない夜な夜なはたまらないと思わないか」

こんな風に、現実的というのか、論理的というのか、相手をグーの音も出ないようにやッつけてニコニコ笑っているのが芥川さんの好みだった。

それでいて、負けてもちっとも不愉快にならないのは不思議だった。要するに、暖かな心を持っていたのだろう。形はやッつけていても、内心では会話を楽しんでいたという方が当っているのだろう。

いつかなど、本郷の切通しを歩いていると、「砕氷機」という大きな看板が目に付いた。すると、芥川さんが、

「砕氷機というのはおかしい」

と言い出した。

「おかしいことはありませんよ」

と私が言うと、

「おかしいさ。だって君、氷を砕いたら何になるんだ？」

「大きな氷を小さく砕くんだから、ちっともおかしいことはない」

「氷を砕いたって氷じゃないか。氷以外のものになるのでなければ、おかしいよ」

そんなことを言い合って、いつまでも歩いていた。

話を平安朝に返すと、芥川さんは突然、

「永井荷風の江戸讃美論（さんびろん）なんか、論になっていやしない。悪い方面には一切目をつぶって、いいところばかり拾ってそれを讃美しているんだから、こんな無責任なことはない。君の平安朝讃美も同じことだ。久保田君の議論にもそういうところがある。三田の伝統かね」

三田の伝統かねと言って、チクリと刺すのが芥川さんの好んで使った論法だった。

しかし、この場合でも、意地の悪さなど微塵（みじん）も感じず、会話の面白さに誘い出された。

話は、平安朝の食べ物のことになって、

「あのころの天子さまよりも、今の僕たちの方がずっと上等のものを食べていることは確かだね」

そんなことを言い、あのころの御馳走の主なるものを口早に並べ立てて、

「僕は『江知勝』の牛肉を食っている方がいいな」

そう言ってから、

「牛肉の人一倍好きな君が、琵琶湖の鯉を珍重していた平安朝を讃美するなんて、けしからん話だね」

そんなことも言った。それからクダモノの話になり、

「この間、瀧井君が遊びに来て、何か菓子を出したら、どんなにうまい菓子の甘さでも、木で熟したクダモノの甘さのよさには及びもつかないと言っていたが、確かにそうだね」

芥川さんはそう言った。

「それですよ、日本の菓子の甘さのネライは――」

私は何かの随筆で読んでいた日本の菓子の甘さの標準というか理想というか、そのことを思い出してつい言葉に力を込めて言った。

今は早くクダモノを木からもいでしまうからダメだが、昔は木で十分熟させてからもいだものだ。これが、一番クダモノのうまい時機である。瀧井孝作が言うように、甘さの最上のものだろう。

ところが、日本の菓子の甘さの標準は、木で十分熟したクダモノの甘さにあったのだ。平安朝には菓子がなく、菓子と言えばクダモノのことだった。もとはそんなところから出発して、砂糖の甘さをそこまで洗練することを悟ったのだろう。

そこに甘さの標準を置いたなんて、世界中どこにもない舌を東洋人は持っていたのだ。その舌が、今日ではなんと堕落したことか。

（『あまカラ』一九五二年二月五日、六号）

■坂口安吾（一九〇六―五五）

安吾と食べもの

坂口三千代

初めて坂口と一緒にものを食べた記憶というと、矢口の渡しの彼の棲家（すみか）で、彼はその二階の十畳程の部屋に住んでいた。何年も掃除をしなかったので、原稿用紙の書きかけや、タバコの空き缶や、本や、雑誌、ローソク、そう云ったものが一面に相当な厚みをもってまき散らされている上に、ゴミや挨（ほこ）りが溜（たま）っていた。そんな中に机があって、その後ろに夜具があって、その夜具の上に坐って深夜に食べたゴハン。彼が原稿を書いている後ろで私は寝ていたのだが、私が目覚めた気配で、彼はふり向き、「お腹がすかないか」と聞いた。「すいている」というと、「じゃちょっと待ってなさい」といって階下に降りて行った。しばらくすると大きなどんぶりに山盛りゴハンと箸を一膳、私に渡して、「おまえがさきに食べなさい」と云った。

青えんどうの豆ゴハンで、豆はよく熟して大きくて、はじけてゴハンに交っていた。そしてそのゴハンの上に、なすの中味をくり抜いて、しその実をぎっしり詰め込んで味噌漬にしたものが輪切りになってのっけてあった。ひえて冷たくなっていたゴハンだが、この世にこんなにおいしいものがあったのか、と思うくらいおいしかった。彼が自分で盛りつけて来たのかなあ、と思いながら私は半分食べてお腹がいっぱいになってしまった。あとの半分は坂口が食べた。あれは昭和二十二年の頃だから、ぽちぽち食べものが街に出初めて何を見ても珍らしくておいしそうに見えた頃だ。

坂口は坐ってものを書く商売だから、運動不足で、大ザッパに坂口の食慾、だけを抜き出して考えてみると、いつもお腹がすかなくて、ゴハンどきになったって余り食べたがらないひとだった。

仕事中に「ゴハンよ」と云って呼んだら、「めしが何んだ」と云ってドナられたことがある。実際にお腹がすかなかったのかも知れない。食慾がないのでよく散歩をした。

食通の本来の意味は、食慾がある、という状態が前提だから、坂口が食通かどうかということになると、最初の段階で失格なのだ。ものを食べたがらないひとに、ものを食べさせるくらい難かしい仕事はないのであって、そんなひとと一緒に暮してみなければ、わからないと思う。

それに彼は変な職人かたぎがあって、おサシミとか生野菜のサラダだとかは断固料理ではないと主張していた。彼にとって料理というものは複雑怪奇で、煮たり、焼いたり、かわかしたり、食べ頃を見はからったり、どうやって造られたものか、首をひねるようなものでなければならなかったので、おサシミのように海から捕獲して来た魚を、すぐ刻んで食べるなんてのは料理じゃないよ、というのだった。野菜のサラダなんて言語道断、馬じゃないんだからねえ、と云っていた。

料理というものはマジェスティックなもので、それを造れるからこそ職人なのだと考えていた。

それはそうかも知れないが、どんなお料理も材料が問題だから、どこそこで採れた何なにと、どこの国でも美味と云われるものには産地がちゃんと冠してある。いっそのこと産地に行って食べれば間違いなくおいしいし、新鮮さが美味の大半だから、生で食べるか、できるだけ単純な料理法で食べる方がおいしいのであって、料理に於ける坂口流考察は不用である。と私は思ったのだが。

要するに彼にとってはフランスや中国や京都のように、材料の新鮮さには余りこだわらない、如何にして複雑微妙な味を出すかということだけが料理であった。おかげで、「おまえさんには創意工夫というものがないね」などと云われる仕末なのであった。

私としてはくやしくてたまらないから、何とかして、彼がびっくりするようなものを食べさせてみたいと思った。

伊東に暮している頃だった。料理の本を見ながら、一番手のかかる面倒くさそうな料理を造ることにした。名まえは何というのか、二度と造ってみる気などないから忘れてしまったが、コーヒーカップにバターをぬりつけて茹でたマカロニをぐるぐると巻きつける、その中に、魚のすり身に香辛料（これは当時、ほとんど何もなかった）を詰めて蒸す。ソースはほうれん草をすりこぎですってうらごしして、スープを加え、とろ味を出すためにメリケン粉をつかったのかな、何しろ調味料は塩、胡椒。味の素はあったかなかったか、何が一番苦心を要したかと云うと、茹でたマカロニをコーヒーカップの内部に巻きつけるところで、これが一番難かしかった。蒸したものをお皿にカパッと開けてグリーンソースをかける。見た目には立派なフランス料理に見えたのだった。

坂口はそれを黙って半分程食べた。では私も、と思って一口、二口食べて見たが、ガックリ、情ない程、おいしくなかった。何のためにあれだけ時間をかけ苦心したのかわからなかった。戦争中の食べもので、おそばをブツブツ細かく切ってゴハンのように見えるようにしてつくられたのりまきに、騙(だま)されたことがあったが、そんな感じだった。

あの頃はまだまだ材料がそろわなかったし、いまのように何となくテレビを見ていれば、どこかのチャンネルで料理の番組にぶつかって、たいして頭を悩まさなくても、お酒のおつまみからお惣菜まで教えてくれる。いまの奥さま方は幸せなものだとつくづく思う。

伊東に暮していて新鮮なお魚には困らなかったろうと人は思うだろうが、私自身もそう思っていたのだが、あにはからんや、来る日も来る日も「あじ」と「いか」ばかりという日が続く、いくら新鮮でもこの二種類では飽きてしまう。そこで東京へ買出し、ということになるが、桐生に住んでいたときも同じことで、手に持ち切れない程買い込んで来るのは食品が大半であった。

　但し、伊東では、いろいろと珍奇な食べものにぶつかった。「ぶだい」の寄せ鍋に始まって、これは「星ヶ丘茶寮」の支配人をしていらした泰さんの家に下宿していたときで、私たちのいた部屋はまえに前田青邨さんが下宿していたそうだから、きっと前田氏も「ぶだい」の寄せ鍋を召しあがったことだろう。

　次は温泉で育った大うなぎ、これは土地のうなぎやさんに料理してもらったのだが、大きな折箱に一匹の幅でいっぱいになっていた。どんなに油抜きをしてあったって相当なもので、私たちはうなぎは木の宮の「重箱」に食べにゆくのを楽しみにしていたが、以後は当分、うなぎを食べなかった。

　次は、「まんぼう」のサシミ。これは伊東の魚港の市場に、水揚げされてあったのを見に行ってビックリしたのだが、丁度、ピンポンのバットのような型状で、四畳半くらいの大きさだった。まさに奇々怪々な生きものだが、ときたまあがるらしくて伊東のひとは大して物見高く集ってはいなかった。後刻、この生きもののサシミがアルミの弁当箱に収まって、我が家に届いた。ちょっと知っている漁師の贈りものであった。「早く食べて下さい。でないと溶けて水になります」という口上で、坂口と私はおっかなびっくり乳白色のトコロ天みたいなものをお醤油につけて食べてみた。意外とサッパリして無味無臭、あの姿にしてはむしろカレンなくらいで、うまくもないがまずくもなかった。土地のひとはそれを食べないが漁師は好んで食べるそうで、脳みそを擂って醤油を交ぜて、それをつけて食べると云っていた。坂口は「その方がきっとおいしいかも知れないよ」と云った。ちなみにお弁当箱にマンボウのサシミを半分残して如何なることになるかと思って見てみたら、時間がたつと本当に水になってしまった。

坂口は「手品をつかう怪物だねえ」と云って呆れていた。

もうひとつ、これは風景として面白かったのだが、私たちの住んでいた家は音無川という川沿いにあって、その川にそって少し下にくだったところに岡橋という橋があり、そのたもとに鍛冶屋があった。ある日その鍛冶屋の軒下に猪が一匹重そうな体をつりさげられていて、「猪の肉売ります」と貼り紙がしてあった。鍛冶屋の主人が天城山で獲って来た猪であった。なかば自慢であった。

私たちは「ももんじや」を思い出したりしてこの肉を食べたのだが、大そう堅かった。

食べものがぶら下っているのではなく、風景として愛すべきものがあった、と坂口がいった。その鍛治屋の周囲も全く芝居の書きわりのようにととのっていて可笑しいくらいだった。

（『食食食あさめしひるめしばんめし』一九八〇年一月十日、第二十一号）

安吾と食

坂口三千代

「食欲」というものが、これほど純粋に存在し得る、ということを考えたこともなかった。

だいたい欲望というものが如何(いか)に大切なものか、昭和六十年ぐらいから体調を崩して入退院を繰り返しているうちにわかった。

丁度その頃から現在の住処(すみか)である不動産の話も持ちあがっていて、これも私にとっては負担がかかっていた。がしかし、この話は別種だから脇においといて、一年半程まえ、送胆管というところに石がたまって、その周囲の臓器に炎症をおこし、お腹のなかをあちこち切りとる手術をした。それ以来私の体は異変だらけで訝(いぶか)しいことばかりおこる。応接に暇がないくらいだが、これも一種の過渡期で、回復のための体の中におこっている摸索であればいいな、と思っている。だってもう一年ぐらいすれば、私は案外ケロリとした顔をしているかも知れないモノネ。

私としては年齢はゆっくりと、とるつもりでいた。なにしろ若いうちから、童顔の故もあってか実際の年齢よりもずっと若く見えたのだから、そんな調子でゆく予定であった。

ところが現在、病後の故か急に年齢をとった自分に気がつくと、こと志と違ってしまったなあ、と思う。そして思うのは「欲望という名の電車」ではなく、「食欲という名の電車」のこと。

私の人生に残されたのは食欲だけ、なんて感じがしたりして、それは子供の頃に感じた食欲によく似ている。

時間が来たからご飯を食べるというのではなく純粋にお腹をすかし、食べものはこんなにおいしいものかと思い、満腹するまで食べて動けなくなる。そしてそれはトテモクルシイ。

去年の暮れのこと、クリスマスイブの夜、開高健さんと辻静雄さんの対談というのを3チャンネルでやった。名まえだけは料理学校の校長先生として知っていたが、辻静雄氏は料理家としてあった。

タイトルは「時代を読む」。食卓の快楽、食の文化を語る、食べる五感を総動員、等というものであったが、これは面白かった。いいクリスマスの贈りものを頂いたような気分だった。お二人とも世界を股にかけて、それも一度や二度ではなく普通ではとても人が行かないようなあたりまで、旅をなさっているのだ、そしてこれが大切なところ、学というか、ウンチクというか、その幅の広さ深さ、お二人の性格の面白さ、辻氏は職業柄、食べるのも商売のうちなのに、とうとう肝臓を壊して現在は食べられないという話、ご当人には気の毒だが、何だか可笑しかった。

お二人は普段お友達の関係だということだった。

私は近頃、テレビはドキュメンタリと料理番組、寝ものがたりに読む本は料理の本、私の一人暮らしも、もう永くなっているが、自分一人のために自分で料理をつくるようになったのは最近のこと、蛤(はまぐり)やしじみは水から煮るかお湯から煮るか、などということさえも忘れていた。若い男のひとり暮らしに私の方が教えてもらったりする。意外とチエがあるものなのだ。一人暮らしの食生活の欠点は、何をつくっても自分の味になってしまうこと、つくらないまえから、その料理の味がわかってしまうこと。もう一人別の人間がいれば、その人の味覚も考慮に入れることが出来る。

坂口に教えてもらった料理が三つある。いずれもシンプルで、料理と言えるほどのものではない。ついせんだってのこと、新潟の鮭（さけ）の料理で何という番組であったか忘れたが、二十五種類つくったうちの一つに入っていた。

生鮭を一尾買って来て、一回食べる分量を四角に切る。それを炭火で焼いて、生醤油に味醂（みりん）少々入れたものに、ジュッとつける。それを保存食として大きな壺につけ込んでおく。

これは食べるときに何の手数もかからなくて、便利で、おいしい。

二つ目はおけさ飯と言って、「鍋茶屋」か「行形亭」かどちらか忘れたが、お酒など飲んだあとのお茶漬として出るそうであった。

茹（ゆ）でた卵を白身と黄身と別々に裏漉（うらご）しにして、どんぶりのご飯に二色にわけて入れ、焼きのりを細く刻んだものも入れる。わさびものせて、清汁を熱くしてかける。これは二日酔いにもいいそうです。

三つ目は八杯汁、聞いたことありますか？　私は初めて。ただ普通の清汁に豆腐を細く刻んで、うんとこさ入れるだけ、あんまりうまいから八杯飲むと言うので、八杯汁と言うのだそうです。私は一杯で結構でした。が、それにしても手数はかかりません。坂口はいったい誰に、この八杯汁など教わったのでしょう。

それから坂口家の自慢は、自家製水羊かんであったといいます。これは絶品であったと凄く懐かしんでおりましたが、私としては当時餡ものはぜんぜんダメでしたから、とうとうつくってあげませんでした。

その後、伊東の旅館で、自家製の水羊かんを出してくれたのが凄くおいしくて、息子と何回もおかわりをしました。

何げなく『シグネチュア』というコマーシャルの雑誌、一月号を見ていたら、生き方の研究、「不撓の魂について　北斎／森本哲郎」という文章の中に、北斎とベートーヴェンの共通するところ、不屈の表現欲とか強烈な自我意識とか、幾つかの逸話があった。そのうちの一つを少し抜き書きしますと、こうある。

「ベートーヴェンは食事にもこだわらなかった。ベートーヴェンと食卓をともにしたイギリスの音楽家エドワード・シュルツは、そのときのベートーヴェンのつぎのような言葉をロンドンの友人に宛てて書いている。

『どうして、こう幾皿もの料理がいるのだろう。人間の主たるよろこびが食卓だけに限られるというのでは、人間は動物たちとたいした変りはないではないか』」

というのだった。北斎も、ベートーヴェンも、たいした変りものであったようで、他にも面白い話がいくつか書かれていたが、私はこの手のお話が大好きで、だから、他の人のことでも面白いお話はたくさん知っているのだけれども、食に関してこのベートーヴェンさんの言葉は傑作だと思った。

　人間はやっぱり、ときどき原点に戻らなければネ、でも私はベートーヴェンさんとは違う、皿数は多い方がいい。


（『食の文学館』一九八九年四月二十日、六号）

坂口安吾——人騒がせな男

杉森久英

坂口安吾は自尊心の強い、高慢な人だったが、同時に、非常に傷つきやすい、繊細な神経の持ち主だった。

彼は中学三年のとき、落第した。これは不名誉なことである。県立新潟中学で、県下第一の名門校だが、彼の知能が低かったからとも思えない。成人してからの彼の作品を見ても、ほんとに知能が低くては書けるものではない。

要するに、型にはまった学校教育の中で、型通りのことをやる気がなかったということであろう。彼の家は新潟県の名家で、父は「新潟日報」の社長だった。地方の名門の子弟によくあることだが、学校と教師を馬鹿にして、こせこせ点数をかせぐ気がなかったのである。

父親は彼を退学させ、東京へ転校させる。学校を去るとき、彼は机の蓋に、

「将来天下の人となって、再び帰って来るであろう」

と彫りつけたというが、事実、戦後まもなく、彼は流行作家となり、文壇の明星となった。みごとに名誉挽回を達成したわけだが、同時に一代の流行児らしい驕慢な言動が目立つようになる。彼はいつも舞台の中心にいて、脚光を浴びている気分となり、人に無視されたり、冷遇されたりすることに堪えられなくなる。いつも、

「坂口安吾様のお通りだい！」

と叫んでいるのであった。

ある出版社の編集者某君の直話だが、あるときその社の主催の講演会の講師として長崎へいった。坂口安吾は友人や親戚の誰それに、土地の名物のカステラを贈ろうと、

「B堂へいって、○○箱注文してくれたまえ」

と、随行の某君に命じた。某君は、

「世間では、長崎のカステラはB堂が一番ということになっていますが、それは大衆的人気で、地元の玄人筋では、F屋のほうがいいという評判です」

といった。安吾は自分の無知を指摘されたと思ったのか、顔色を変えて黙り込んだ

が、東京へ帰るとすぐ、B社へ、某君を自分の担当からはずしてほしいと申し入れたという。

安吾が文壇の花形になったのは、戦後のことで、彼は四十歳を越えていた。それまでは、彼は下積みの不遇文士で、名声と賞讃に餓えていた。その反動のように、彼は肩で風切ってあるくようになった。

彼の税金闘争は有名である。彼は昭和二十四年春、その前年度の所得税を払わないで差押えを受け、二十六年にもまた差押えを受けた。これについて、彼はいろいろと理由をのべているが、根本において彼には支払う意志がなく、税務署を相手にして闘うことに興味を抱いていたとしか思えない。彼の「闘争」は新聞の社会面に話題を提供し、彼を有名にした。

その間、彼は睡眠薬中毒で幻聴、幻視の症状を呈し、病院の精神科に入院したり、さまざまの奇矯な言動を見せたりして、世間の注目を集めた。それは半ば本気とも見え、半ばは物好きな、人騒がせな性分から、わざとやっているという風にも見えた。いずれにしろ、世間の無責任な野次馬をおもしろがらせるには充分であった。

もっとも、文学というものは、世間の規律や約束からはみ出したところにおもしろみがあるので、正確と冷静だけでは、何の役にも立たないものである。事実、睡眠薬を服用して、興奮状態に陥ったとき書いたと思われる彼の文章には、独特のリズムがあって、読者をひきずりこむ力を持っている。もっとも、そのころ彼の書いたものは、史論風のものや社会時評風のものが多く、小説はほとんど書いていない。

彼の書いたものの中に、美食とか、美味とか、食物とかに関係のある記述は、ほとんど見当らない。彼は新潟に生まれて、東京、伊東に住み、晩年は群馬県に移るなど、各地を転々して、海のものにも山のものにも通じているはずだが、作品の中には出て来ない。それは彼が無関心だったからというより、そのころ、そういうことについて書く習慣が、一般になかったからであろう。文学者が食物や美味について、いろいろと書くようになったのは、戦後二、三十年過ぎて、国民の生活に余裕ができて以来のことで、それまでは、空腹を満たすための食物談議はあっても、趣味として美食を追い求める習慣は、あまりなかったのである。安吾も、終戦前後は銀座、浅草、新宿と、あちこち酒を飲み歩いたが、ほとんどカストリ、あるいはビール、日本酒と、どこにでもある酒を飲んで、どこにでもあるような食べ物を食べているだけで、やかましく選り好みした形跡は見えないようである。実生活では、やかましかったかも知れないが、それを文章にすることはなかった。

（『食の文学館』一九八九年四月二十日、六号）

■太宰　治（一九〇九―四八）

太宰君の喧嘩

北村謙次郎

赤松月船氏の家へ出入りするうちに、自然と井伏鱒二氏と近づきになった。そうするうちに、これまた自然と太宰治君と知合うようになった。私が井伏氏に近づき願うより前から、太宰君は井伏氏邸の昵懇な出入り作家だったようである。大学はもう行ってなかったと思う。すでに妻帯していて、梯子段の下から声がかかると、二階の彼はいつも慌てたそぶりで「何だ、何だ」と梯子段の下へ駈け下りる習慣であった。私は彼らの会話の内容を、ついぞ一度も耳にしたことがない。正月に呼ばれて爛漫のご馳走になった時さえ、遂に細君と彼とは梯子段の途中だか隔ての襖ごしだかの応対に終始し、座敷にその姿を侍らすことなくして止んだ。

「正月には秋田の爛漫が届くから、飲みに来ないか」
と誘われたのは、昭和六、七年暮れのことだった。
私は彼の郷里が秋田であるとばかり思いこんでいたようでもあり、青森産の彼が何故爛漫を自慢するにいたったか、不思議の一つとして考えこんでいたようでもある。その不思議を伊馬鵜平君（現・春部）らと語り合った記憶があるようでもあり、ないようでもあってハッキリしない。三十年も昔のことだから、こういうことになると思い出せないのが当然である。

数の子が、大皿に山盛りになって出ていた。

ところが太宰君はその皿は見向きもしないで、銘々の皿に実に太く長いソーセージを一本ずつ載せた。席には久保喬が居合わせ、太宰は初対面の彼を「久保君は名妓という批評があるんだ」と紹介した。メイギとかオシャクとか、すべて彼独特の云いまわしがあり、それはどこか重々しく、いかにもメイギそのものの感じを出す術に太宰は通じていた。すべてそのような伝統ある熟語を、彼は非常に重大視し大切に扱う慣わしだったようである。

ところでさっきの、これまた重く大きなソーセージだが、彼はそれを取上げると

「きみ、これは切ったりしちゃ駄目なんだ。切らずに、こうして食べると美味いんだよ」

小口の結び紐（ひも）を、長い指先きで器用にほどく。二、三分ほどで、器用にほどき終え、今度は赤い薄皮をくるくる剝ぐ。お次は傍にあった胡椒（こしょう）瓶をとりあげ、受皿に山ほど振りこんだ。

「こうして食べると、いちばん美味いんだよ」

もう一度訓示をたれると、ソーセージの先端を胡椒で真白けに塗りたて、ぱくりと食いついた。

爛漫のまずかろう道理もないが、そしてそこでゆっくりとこの秋田の銘酒に陶酔したことに間違いのある道理もないが、太くて長いソーセージを丸齧（まるかじ）りしながら酒を飲んだ記憶は、わが生涯であとにもさきにもこの時がただの一度だけである。私はそのとき、せっかくのソーセージを、半分だけ齧って食べ残した。そうして肝腎の爛漫も七分どころで切上げるハメになった。何がどういうきっかけになったか分らないが、中途で太宰は「外へ出よう」と云いだし、酒宴半ばでぞろぞろ打連れて外へ出てしまったからである。

三人はその足で、やはり同じ荻窪の月船の家へ押しかけた。そこには姪や娘が大勢いて、いきおい歌留多(かるた)をとろうということになったが、それを聞くと同時に、太宰君と久保君は実に巧みにスウッとばかり姿を消してしまった。三十年前の記憶は、どうも分らぬことずくめである。

ところでその次が、表題の太宰君の喧嘩という一幕になる。場所は変って、銀座の白鶴直売店。この時は名妓の久保君の代りに、美校生とかいう、某と名乗る太宰の従弟（？）かが同席であった。この人物は檀一雄君の小説にも顔を出す、例の「事件屋」なのであるが、この初対面の時は、単に人なつこい好青年の印象を受けたにとどまる。否、帰りがけに耐られないような、ゾッとするような所業に及ばれ「これは」と見直したものだが、それは後のことで、つけたりとして書ければ書くし、枚数がなければ書かない。

白鶴で簡単に酔っぱらって、私は太宰君に絡みだしたらしい。気がつくと彼は、実に長い指を二本揃え、私の眼の前へ突き出しているのである。手もなく売られた喧嘩を買った恰好なのだが、一向に殺気だったところはなく、例によって重々しい説教調で、太宰が云うのだ。

「きみ、僕はねえ、眼を突く名人なんだよ。眼玉を抉ることも出来るんだ。よく見たまえ」

よく見ると、なるほど長い。おまけに先端が、少し曲っているように見える。こいつを突っこまれたら――私はゆくりなくも、ふと正月の太くて長いソーセージを思い出した。彼はよくよく長いものが好きな男に違いない。そう云えば、いくらか鼻も長い。こいつでくじられたら――ギョッとしながら、私はゲラゲラ笑いだしていた。

「分ったよ。なるほど俊敏そうな指だ。僕は願い下げにする。可笑しなモノを自慢にする奴だな」

隣室で、三、四人の客が、賑かに飲んでいた。

太宰君の従弟が気にして、さっきから襖の隙間から覗いていたが、そのうち何思ったか、いきなり襖を開けて隣室へ闖入に及んだ。

「誰だ、無礼者」

とたんに隣室から怒鳴り声が飛ぶ。客というのは、思いきや海軍将校の一団だった。海のあらくれ男相手にとびこむとは、太宰の従弟もよくよくの無法者である。ところが無法者は従弟ばかりか、太宰まで血相変えて隣室へ押込もうとする。ご自慢の長

い指を二本揃え、斜に構えたところは颯爽(さっそう)としたものだが、いまさら慌てたのは私で
「待て、待て」

と、必死になって太宰の袂(たもと)にぶらさがった。

ぶらさがりながら、開けひろげた襖の向うへ詫びを入れた。

「済みません、酔っているから。——おい、きみ、よし給え。戻れよ、さっさと」

と、青い顔の太宰の従弟を、どうやらこうやら引き戻し、開けた襖を閉めて、それで何なく事は落着。怒鳴りつけたものの、相手が青白い文学書生と美校生とあっては、海軍将校たるもの、怒りも出来なかったのが、当り前の話である。

後年、太宰は私を冷かして云った。

「きみはあのとき、喧嘩をとめたね。ああ、たしかに、とめた」

例によって、これも重々しい説教調で、何やら人生上の一批判を下す如くであった。


（『あまカラ』一九六一年五月五日、百十七号）

太宰治の「神経」

巖谷大四

太宰治が死んだのは昭和二十三年六月十三日だから、もう四十年になる。驚いてしまう。

「光陰矢の如し」と言うけれど、「矢」ではなく「嫌（いや）」の如しである。

太宰治は「哀しい男」だった。いつもどこか淋しい影のある男だった。

私が初めて太宰治に会ったのは、昭和二十年の暮、終戦間もない頃だった。その頃、鎌倉文庫に勤めていた私は、私の企画した「青春の書」というシリーズに「女生徒」を中心にした短篇集を出させてもらうために、三鷹下連雀（しもれんじゃく）の家を訪ねたのであった。

私は、太宰治という作家が、戦前、芥川賞の選にもれたときに腹を立て、銓衡（せんこう）委員に抗議文を出したという話を聞いていたので、ひどく神経質で気むずかしい男を想像して行ったが、案に相違して、いかにも朴訥な感じの、きさくな、人あたりのいい男だった。勿論、微笑が消えると、眉をよせた。何となくうつろな表情の中に、やはり作家らしい、鋭いものがあったが、それをおしかくすように、冗談を言い、笑みを浮べ、しきりに話しかけるのが、かえっていたいたしく、その笑いの底に、淋しく哀しい影が感じられるのだった。

一升びんのままの酒が出た。まだそういう時代だった。漬物と煮干しのようなものが出た。コップ酒の酒もりがはじまった。

「おい、もっと、何かないか」と、眉をしかめて、奥さんのいるらしい隣の部屋へ、ふすま越しに怒鳴った。

「もう、何もありませんの」という、かぼそい声がした。すると、

「チェッ！」と舌打ちをして、テレたように漬物をつまみ、

「この辺は、新鮮な魚がないんですよね」と言った。

それから何ヵ月かたった夏のこと、私は知人のつてで、捕りたての小鯵がザル一杯手に入った。ふと太宰治の言ったことを思い出して、その小鯵を持って、また出かけて行った。

「この前、この辺には新鮮な魚がないとおっしゃったので……丁度いい奴が入ったもんですから、お持ちしました」

と、私は、内心少し得意になって差し出した。

太宰治は、表面ひどく喜んで、それを受取ったが、さて、それを奥さんに手渡すと、急に、

「君、外へ出ましょうや」

と、私をうながした。

それから、えんえんと呑み歩いた。新宿まで中央線に乗って行き、ハモニカ横町を二、三軒廻り、「ちとせ」という、今の歌舞伎町の真只中（まっただなか）（その頃はまだまわりが畑だった）の、掘立小屋のような呑み屋へも行った。

それからあとは、どこへどうほっつき歩いたのか忘れてしまったが、とにかく太宰治はそれから三、四日家に帰らなかったということをあとから聞いた。

私はまだその頃、太宰治の繊細な神経をくみとれなかったのだ。こちらとしては、素直な気持で、ただ喜んでもらうために、そしてそれを肴に一緒に呑もうと思って持って行ったのだが、太宰治の方からしてみれば「江戸っ子がしゃらくさいことをしゃ

なことか。

がって」と思ったのかも知れない。しかも、小人数の家にざる一杯とは、何たる不粋(ぶすい)なことか。

実はその後、私は銀座の「ルパン」というバーで、ばったり会った。彼は織田作之助と一緒に呑んでいて、もう大分酔っていた。私の顔を見ると、にやっと笑い、織田作の方を向いて、

「おい、この男はね、僕んとこに鰺(あじ)をざる一杯持って来やがんの。いいとこあるよ、ハハハハ……」

と、妙にうつろに笑った。

私はただただ赤面した。

やがて「桜桃忌」が来るが、私はその度にこの事を思い出す。

(『あじくりげ』一九八七年五月一日、三百七十二号)

●執筆者一覧

森於菟（もり　おと）一八九〇年東京生まれ。森鷗外の長男。東京帝国医科大学卒業。欧州留学を経て医学者となる。専門は解剖学。著書に『父親としての森鷗外』など。一九六七年没。

夏目伸六（なつめ　しんろく）一九〇八年東京生まれ。漱石と妻・鏡子の次男として生まれる。日中戦争従軍後、文藝春秋に入社、編集者、随筆家として活躍する。著書に『父・夏目漱石』『父・漱石とその周辺』など。一九七五年没。

和田茂樹（わだ　しげき）一九一一年愛媛県生まれ。京都大学文学部卒業。愛媛大学名誉教授、松山市立子規記念博物館初代館長。著書に『子規の素顔』『人間正岡子規』など多数。二〇〇八年没。

半藤末利子（はんどう　まりこ）一九三五年東京生まれ。早稲田大学を経て、上智大学卒業。随筆家。漱石門下の作家・松岡譲と、漱石の長女・筆子の四女。夫は作家の半藤一利。著書に『夏目家の福猫』など。

巖谷大四（いわや　だいし）一九一五年東京生まれ。巖谷小波の四男。早稲田大学卒業。『文藝』編集長を務めた後、文筆家となる。著書に『非常時文壇史』『物語大正文壇史』など多数。二〇〇六年没。

小島政二郎（こじま　まさじろう）一八九四年東京生まれ。慶應義塾大学卒業、在学中から『三田文学』などに作品を発表し、『一枚看板』で文壇に認められる。小説の他、『眼中の人』『わが古典鑑賞』などの随筆も高く評価された。一九九四年没。

泉名月（いずみ　なつき）一九三三年愛知県生まれ。泉鏡花の姪。鏡花の妻、すずの養女となる。随筆家。泉鏡花記念館名誉館長も務めた。著書に『鬼ゆり』『羽つき・手がら・鼓の緒』がある。二〇〇八年没。

福田蘭堂（ふくだ　らんどう）一九〇五年茨城県生まれ。父は洋画家の青木繁、母・福田たねも洋画家。尺八奏者、作曲家として、ラジオ番組の劇中歌や映画音楽を多数作曲する一方で、釣り、狩猟にも長じた。著書に『わが釣魚伝』『志賀先生の台所』など多数。一九七六年没。

紅野敏郎（こうの　としろう）一九二二年兵庫県生まれ。早稲田大学文学部卒業。早稲田大学名誉教授。専門は日本近代文学。山梨県立文学館長、日本近代文学館常務理事を務める。

『日本近代文学大事典』の編集のほか、著書に『昭和文学の水脈』など多数。二〇一〇年没。

木原直彦（きはら　なおひこ）一九三〇年北海道生まれ。北海道文学館名誉館長。『北海道文学史』『北海道文学散歩』『風土の感触』など著書多数。北海道新聞文学賞、同文化賞、功労賞等受賞。

谷崎松子（たにざき　まつこ）一九〇三年大阪府生まれ。谷崎潤一郎の最後の妻。『細雪』の幸子のモデルと言われる。随筆家。著書に『倚松庵の夢』『湘竹居追想　潤一郎と「細雪」の世界』『蘆辺の夢』などがある。一九九一年没。

渡辺たをり（わたなべ　たをり）一九五三年京都府生まれ。谷崎潤一郎の妻、松子の孫娘。日本大学大学院芸術学研究科修士課程修了。著書に『祖父　谷崎潤一郎』『花は桜、魚は鯛　祖父谷崎潤一郎の思い出』がある。

室生朝子（むろお　あさこ）一九二三年東京生まれ。室生犀星の長女。随筆家。著書に『あやめ随筆』『父室生犀星』他多数。二〇〇二年没。

狩野近雄（かのう　ちかお）一九〇九年群馬県生まれ。早稲田大学卒業後、毎日新聞社記者となる。中部本社代表、西部本社代表、スポーツニッポン新聞社社長などを歴任。文士との交流が多く、著書に『お値打ち案内』『好食一代』など。一九七七年没。

八木隆一郎（やぎ　りゅういちろう）一九〇六年秋田県生まれ。脚本家。左翼劇場、新築地劇団に所属したが、戦後は新派や新国劇、また、映画やラジオドラマの脚本を手がけた。著書に『大仏開眼』、映画作品に『土』『海援隊』他多数。一九六五年没。

坂口三千代（さかぐち　みちよ）一九二三年千葉県生まれ。坂口安吾の妻。安吾の死後、銀座でバー「クラクラ」を開く。著書に『クラクラ日記』『安吾追想』がある。一九九四年没。

杉森久英（すぎもり　ひさひで）一九一二年石川県生まれ。東京帝国大学卒業。中央公論社、日本図書館協会などを経て、河出書房に入社、『文藝』編集長を務めた。『天才と狂人の間』で直木賞受賞。伝記小説を得意とし、『滝田樗陰』『天皇の料理番』など著書多数。一九九七年没。

北村謙次郎（きたむら　けんじろう）一九〇四年東京生まれ。青山学院大学、國學院大學卒業。『日本浪漫派』などに寄稿。満州に渡り、在満の日本人作家とともに『満州浪曼』を創刊、戦後の引き揚げまでに『春聯』など多くの作品を発表した。一九八二年没。

編者は本書の編集作業中、他界されました。
巻末に編者による解説を付す予定でしたが、
叶いませんでした。

（編集部）

編集附記

・本書は、『あまカラ』『食食食あさめしひるめしばんめし』『食の文学館』などに寄せられたエッセイの中から、文士の食にまつわる二十七篇を選んで一冊にまとめたものである。
・エッセイの末尾に記した初出誌を底本とした。
・収録にあたり、旧字旧かな遣いを新字新かな遣いにあらため、読みやすさを考慮して、改行、ルビなどを補い、副詞などの表記をひらがなにした。
・エッセイは原則として作家の生年順に並べたが、内容の関連性を考慮し、順序を変更したものもある。
・編集部註は〔 〕で記した。
・本文中に今日の人権意識に照らして不適切と思われる表現もあるが、作品の時代背景などを考慮し、原稿のまま掲載した。

本書籍は、平成三十年二月二十三日に著作権法第六十七条の二第一項の規定に基づく申請を行い、同項の適用を受けて作製されたものです。

中公文庫

文士の食卓

2018年3月25日　初版発行

編　者　浦西和彦

発行者　大橋善光

発行所　中央公論新社
〒100-8152　東京都千代田区大手町1-7-1
電話　販売 03-5299-1730　編集 03-5299-1890
URL http://www.chuko.co.jp/

DTP　嵐下英治
印　刷　三晃印刷
製　本　三晃印刷

Published by CHUOKORON-SHINSHA, INC.
Printed in Japan　ISBN978-4-12-206538-3 C1195

定価はカバーに表示してあります。落丁本・乱丁本はお手数ですが小社販売部宛お送り下さい。送料小社負担にてお取り替えいたします。

中公文庫既刊より

各書目の下段の数字はＩＳＢＮコードです。978－4－12が省略してあります。

う-30-1
「酒」と作家たち
浦西和彦編
『酒』誌に掲載された川端康成ら作家との酒縁を綴った三十八本の名エッセイを収録。酌み交わし、飲み明かした昭和の作家たちの素顔。〈解説〉浦西和彦
205645-9

う-30-2
私の酒 『酒』と作家たちⅡ
浦西和彦編
『酒』誌に寄せられた、作家による酒にまつわるエッセイ四十九本を収録。酒の上での失敗や酒友と過ごした時間、そして別れを綴る。〈解説〉浦西和彦
206316-7

た-28-17
夜の一ぱい
田辺聖子
浦西和彦編
友と、夫と、重ねた杯の数々……。四十余年の長きに亘る酒とのつき合いを綴った、五十五本のエッセイを収録、酩酊必至のオリジナル文庫。〈解説〉浦西和彦
205890-3

あ-84-1
女体について 晩菊 の八篇
安野モヨコ選・画
太宰治／岡本かの子／森茉莉他
はたかれる頰、蚤が戯れる乳房、老人を踏む足、不老の童女……文豪たちが「女体」を讃える珠玉の短篇に、安野モヨコが挿画で命を吹きこんだ贅沢な一冊。
206243-6

あ-84-2
女心について 耳瓔珞（みみようらく） の十篇
安野モヨコ選・画
芥川龍之介／有吉佐和子／円地文子他
わからないなら、触れてみる？ 女の胸をかき乱す、淋しさ、愛欲、諦め、悦び——。安野モヨコが愛した、女心のひだを味わう短篇集シリーズ第二弾。
206308-2

い-58-1
薄紅梅（うすこうばい）
泉鏡花
二ヵ月後の死を予感させる幽明渾然たる絶筆「縷紅新草」ほか最晩年に到達した文体を如実に示す神品「薄紅梅」「雪柳」を収める。〈解説〉小笠原賢二
201971-3

う-1-3
味な旅 舌の旅
宇能鴻一郎
北は小樽の浜鍋に始まり、水戸で烈女と酒を汲みかわし、海幸・山幸の百味を得て薩摩半島から奄美の八月踊りにいたる日本縦断味覚風物詩。
205391-5

お-2-10
ゴルフ 酒 旅
大岡 昇平
獅子文六、石原慎太郎ら文士とのゴルフ、一年におよぶ米欧旅行の見聞……。多忙な作家の執筆の合間には、いつも「ゴルフ、酒、旅」があった。〈解説〉宮田毬栄
206224-5

く-2-2
浅草風土記
久保田万太郎
横町から横町へ、露地から露地へ。「雷門以北」「浅草の喰べもの」ほか、生粋の江戸っ子文人による詩趣豊かな浅草案内。〈巻末エッセイ〉戌井昭人
206433-1

く-25-1
酒味酒菜
草野 心平
海と山の酒菜に、野バラのサンドウィッチ……。詩作のかたわら居酒屋を開き、酒の肴を調理してきた著者による、野性味あふれる食随筆。〈解説〉高山なおみ
206480-5

た-30-6
鍵 棟方志功全板画収載
谷崎潤一郎
妻の肉体に死をすら打ち込む男と、死に至るまで誘惑することを貞節と考える妻。性の悦楽と恐怖を限界点まで追求した問題の長篇。〈解説〉綱淵謙錠
200053-7

た-30-7
台所太平記
谷崎潤一郎
若さ溢れる女性たちが惹き起す騒動で、千倉家のお台所はてんやわんや。愛情とユーモアに満ちた筆で描く抱腹絶倒の女中さん列伝。〈解説〉阿部 昭
200088-9

た-30-10
瘋癲(ふうてん)老人日記
谷崎潤一郎
七十七歳の卯木は美しく驕慢な嫁颯子に魅かれ、変形的間接的な方法で性的快楽を得ようとする。老いの身の性と死の対決を芸術の世界に昇華させた名作。
203818-9

た-30-11
人魚の嘆き・魔術師
谷崎潤一郎
愛親覚羅氏の王朝が六月の牡丹のように栄え耀いていた時分——南京の貴公子の人魚への讃嘆、また魔術師と半羊神の妖しい世界に遊ぶ。〈解説〉中井英夫
200519-8

た-30-13
細 雪(全)
谷崎潤一郎
大阪船場の旧家蒔岡家の美しい四姉妹を優雅な風俗・行事とともに描く。女性への永遠の願いを〝雪子〟に託す谷崎文学の代表作。〈解説〉田辺聖子
200991-2

各書目の下段の数字はISBNコードです。978-4-12が省略してあります。

た-30-18
春琴抄・吉野葛
谷崎潤一郎
美貌と才気に恵まれた盲目の地唄の師匠春琴。その弟子佐助は献身と愛ゆえに自らも盲目となる——代表作『春琴抄』と『吉野葛』を収録。〈解説〉河野多恵子
201290-5

た-30-19
潤一郎訳 源氏物語 巻一
谷崎潤一郎
文豪谷崎の流麗完璧な現代語訳による日本の誇る古典。日本画壇の巨匠14人による挿画入り絵巻。本巻は「桐壺」より「花散里」までを収録。〈解説〉池田彌三郎
201825-9

た-30-20
潤一郎訳 源氏物語 巻二
谷崎潤一郎
文豪谷崎の流麗完璧な現代語訳による日本の誇る古典。日本画壇の巨匠14人による挿画入り。本巻は「須磨」より「胡蝶」までを収録。〈解説〉池田彌三郎
201826-6

た-30-21
潤一郎訳 源氏物語 巻三
谷崎潤一郎
文豪谷崎の流麗完璧な現代語訳による日本の誇る古典。日本画壇の巨匠14人による挿画入り絵巻。本巻は「螢」より「若菜」までを収録。〈解説〉池田彌三郎
201834-1

た-30-22
潤一郎訳 源氏物語 巻四
谷崎潤一郎
文豪谷崎の流麗完璧な現代語訳による日本の誇る古典。日本画壇の巨匠14人による挿画入り絵巻。本巻は「柏木」より「総角」までを収録。〈解説〉池田彌三郎
201841-9

た-30-23
潤一郎訳 源氏物語 巻五
谷崎潤一郎
文豪谷崎の流麗完璧な現代語訳による日本の誇る古典。日本画壇の巨匠14人による挿画入り絵巻。本巻は「早蕨」から「夢浮橋」までを収録。〈解説〉池田彌三郎
201848-8

た-30-24
盲目物語
谷崎潤一郎
長政・勝家二人の武将に嫁し、戦国の残酷な世を生きた小谷方と淀君ら三人の姫君の境涯を、盲いの法師が絶妙な語り口で物語る名作。〈解説〉佐伯彰一
202003-0

た-30-25
お艶殺し
谷崎潤一郎
駿河屋の一人娘お艶と奉公人新助は雪の夜駈落ちした。幸せを求めた道行きだった筈が……。芸術とは何かを探求した「金色の死」併載。〈解説〉佐伯彰一
202006-1

た-30-26
乱菊物語
谷崎潤一郎
戦乱の室町、播州の太守赤松家と執権浦上家の確執を史的背景に、谷崎が〝自由なる空想〟を繰り広げた伝奇ロマン（前篇のみで中断）。〈解説〉佐伯彰一
202335-2

た-30-27
陰翳礼讃
谷崎潤一郎
日本の伝統美の本質を、かげや隈の内に見出す「陰翳礼讃」「厠のいろいろ」を始め、「恋愛及び色情」「客ぎらい」など随想六篇を収む。〈解説〉吉行淳之介
202413-7

た-30-28
文章読本
谷崎潤一郎
正しく文学作品を鑑賞し、美しい文章を書こうと願うすべての人の必読書。文章入門としてだけでなく文豪の豊かな経験談でもある。〈解説〉吉行淳之介
202535-6

た-30-49
谷崎潤一郎＝渡辺千萬子 往復書簡
谷崎潤一郎
渡辺千萬子
複雑な谷崎家の人間関係の中にあって、作家晩年の私生活と文学に最も影響を及ぼした女性との往復書簡。「文庫版のためのあとがき」を付す。〈解説〉千葉俊二
204634-4

た-30-50
少将滋幹（しげもと）の母
谷崎潤一郎
母を恋い慕う幼い滋幹は、宮中奥深く権力者に囲われた母の元に通う。平安文学に材をとった谷崎文学の傑作。小倉遊亀による挿画完全収載。〈解説〉千葉俊二
204664-1

た-30-52
痴人の愛
谷崎潤一郎
美少女ナオミの若々しい肢体にひかれ、やがて成熟したその奔放な魅力のとりことなった譲治。女の魔性に跪く男の惑乱と陶酔を描く。〈解説〉河野多恵子
204767-9

た-30-53
卍（まんじ）
谷崎潤一郎
光子という美の奴隷となった柿内夫妻は、卍のように絡みあいながら破滅に向かう。官能的な愛のなかに心理的マゾヒズムを描いた傑作。〈解説〉千葉俊二
204766-2

た-30-55
猫と庄造と二人のをんな
谷崎潤一郎
猫に嫉妬する妻と元妻、そして女より猫がかわいくてたまらない男が繰り広げる軽妙な心理コメディの傑作。安井曾太郎の挿画収載。〈解説〉千葉俊二
205815-6

各書目の下段の数字はISBNコードです。978－4－12が省略してあります。

た-31-1
倚松庵（いしょうあん）の夢
谷崎松子
おくつきにともに眠らん日をたのみこのひととせは在り経しものを――谷崎潤一郎への至純の愛と献身に生きた夫人が、深い思いをこめて綴る追慕の記。
200692-8

ま-17-14
文学ときどき酒 丸谷才一対談集
丸谷才一
吉田健一、石川淳、里見弴、円地文子、大岡信ら一流の作家・評論家たちと丸谷才一が杯を片手に語り合う。最上の話し言葉に酔う文学の宴。〈解説〉菅野昭正
205500-1

む-29-1
麦酒（ビール）伝来 森鷗外とドイツビール
村上満
外国人居留地の英国産から留学エリートたちのもたらしたドイツびいき一色に塗り替えられる。長くビールの生産・開発に専従した著者が語る日本ビール受容史。
206479-9

ゆ-5-1
本のなかの旅
湯川豊
宮本常一、吉田健一、金子光晴、大岡昇平……。何かにつき動かされるように旅を重ねた十八人が遺した本から、旅の記憶を読み解く珠玉のエッセイ集。
206229-0

よ-5-8
汽車旅の酒
吉田健一
旅をこよなく愛する文士が美酒と美食を求めて、金沢へ、そして各地へ。ユーモアに満ち、ダンディズムが光る汽車旅エッセイを初集成。〈解説〉長谷川郁夫
206080-7

よ-5-11
酒談義
吉田健一
少しばかり飲むというの程つまらないことはない――。飲み方から各種酒の味、思い出の酒場まで、ユーモラスに綴る究極の酒エッセイ集。文庫オリジナル。
206397-6

よ-17-9
酒中日記
吉行淳之介編
吉行淳之介、北杜夫、開高健、安岡章太郎、瀬戸内晴美、遠藤周作、阿川弘之、結城昌治、近藤啓太郎、生島治郎、水上勉他――作家の酒席をのぞき見る。
204507-1

よ-17-10
また酒中日記
吉行淳之介編
銀座や赤坂、六本木で飲む仲間との語らい酒、先輩たちと飲む昔を懐かしむ酒――文人たちの酒にまつわる出来事や思いを綴った酒気漂う珠玉のエッセイ集。
204600-9